中国文学名家散文精选丛书

暖石斋随笔

冯传友 著

江西高校出版社
JIANGXI UNIVERSITIES AND COLLEGES PRESS

南昌

图书在版编目（CIP）数据

暖石斋随笔 / 冯传友著 . -- 南昌 : 江西高校出版
社 , 2025. 6. -- (中国文学名家散文精选丛书).
ISBN 978-7-5762-5518-8

Ⅰ . I267

中国国家版本馆 CIP 数据核字第 2024JQ5616 号

责 任 编 辑　曹　莉
装 帧 设 计　夏梓郡

出 版 发 行　江西高校出版社
社　　　 址　江西省南昌市新建区工业二路 508 号
邮 政 编 码　330100
总 编 室 电 话　0791-88504319
销 售 电 话　0791-88505090
网　　　 址　www. juacp. com
印　　　 刷　鸿鹄（唐山）印务有限公司
经　　　 销　全国新华书店
开　　　 本　650 mm×920 mm　1/16
印　　　 张　13
字　　　 数　160 千字
版　　　 次　2025 年 6 月第 1 版
印　　　 次　2025 年 6 月第 1 次印刷
书　　　 号　ISBN 978-7-5762-5518-8
定　　　 价　58.00 元

赣版权登字 -07-2024-924

图书若有印装问题，请随时联系本社 (0791-88821581) 退换

目　录
CONTENTS

第二辑
吃情岁月

第三辑
声屏内外

第四辑
学农逸事

第一辑

书虫行旅

临阵磨枪

——欧洲纪行之一

第一次出国门，竟没有顾上做案头工作进行预习，由首都机场起飞前，方才想起应该买一本欧洲旅游图，利用空中十几个小时的飞行时间，临时补课。我们有一句老话怎么说来着——临阵磨枪，不快也光。我在这儿用上了。

行李箱请同事看着，就直奔机场超市区而去。这国际候机厅我还是第一次来，并不知图书超市在哪里，边跑边问，还好，没等我喘不上气就找到了。

图书超市虽然不大，但要在十数个书架前找一本旅游图，还是蛮费劲的，只得请服务小姐帮忙。一位漂亮的小姐把我引导到一个书架前，那里陈列了一排各国游览地图，我的双眼似乎不够用了，在这排密密麻麻的书脊上急速扫描。呵，这本可以啊——《欧洲经典游》。拿起看看，又一个"呵"，够贵啊，六十八元！贵也买吧，谁让你临阵磨枪呢，再贵的磨刀石也要用啊！机场买书可不比在家里，书店老板都给你点面子，老顾客嘛，多少都给打点折，如果是网购呢，那打折的幅度就更大了，但是机场图书，孤牌买卖，爱买不买，从不打折，就好比一碗面条，在市区十元一碗，这里就翻几番，最便宜的也要三十八元，这就是机场的买卖。

北京到仁川，太近，没顾上看。

仁川到维也纳，十几个小时，双层空客，第一次坐这么大的飞机，平稳的就像在办公室。

标致的韩国空姐，第一次见，真是养眼，她们怎么就这么耐看呢，不让拍照，那就多看几眼吧。有了"请说中国话"的经验，我就用汉语问空姐："会说中国话吗？"这位漂亮的空姐回头用韩语和另一位秀气清瘦的空姐说了几句什么，这位秀气的空姐就过来用汉语说："刚才那位汉语说得不是太好，怕回答有误而叫我过来接待您，您有什么问题请说吧？"其实我也没有太多的问题可问，就问她到维也纳需要多少小时，你们全会说汉语吗这样的问题。她用流利标准的汉语回答说，到维也纳需要十二个小时，我们不是都会说汉语，但是每层都配备了会说汉语的服务人员，因为几乎每个航班上都会有中国人，但是像今天这么多的中国客人，却是非常少有的。我忘记问她是怎么学的汉语，估计肯定是在中国留学过，否则怎么会这么标准呢！

虽然不让拍照，事后还是有年轻的同事让我看了他在机上拍的韩国空姐，那神态怡然而亲切，端庄而美丽，比看真人还动人。不知是我在机上没有仔细端详的原因，还是我同事拍摄技巧高的原因。

这本《欧洲经典游》，养脑，不是多看几眼，而是要看几个小时呢。

翻开目录，我就乐了，这不就是为我们此行而编的吗？我们的行程是奥地利—德国—卢森堡—法国，看看目录，第一页前三位就是奥地利—德国—法国，第二页第一位就是卢森堡。学习吧，还等什么，这么好的教材。

——欧洲纪行之二

登机，起飞，到达韩国仁川国际机场。

看看已近半夜，明天中午转机，这近百号人马如何安排，组织者为了安全，规定女士一律不准离开机场，在休息室原地休息，等待天明。男士可以在机场参观，也可以到机场外面观光，但是天亮前必须回来集合。

临行前，我百度了仁川国际机场的一些资料，对它有了一个大概的了解。

仁川国际机场坐落在韩国著名的海滨度假城市仁川西部的永宗岛上，距离韩国首都首尔市 52 公里，离仁川海岸 15 公里。从仁川国际机场到首尔可乘出租汽车、机场大巴或换乘地铁抵达，时间大约 1 个小时。仁川国际机场是国际客运及货运的航空枢纽，是亚洲第 6 位最繁忙的国际机场，年均可出入境 1 亿人次。瑞士日内瓦国际机场协会（ACI）2006年至 2012 年的调查，仁川国际机场连续七年获得"全球服务最佳机场"第一名。它周围无噪音源影响，自然条件优越，绿化率 30% 以上，环境优美舒适，加上其整体设计、规划和工程都本着环保的宗旨，亦被誉为"绿色机场"。

现在的永宗岛，其实是永宗岛与龙游岛（YongyuIsland）两个分离的岛屿相连填海而建的海上人工大岛，在经填海造地后才合而为一。这两个岛皆在仁川市的行政范围内，故取名"仁川国际机场"。

机场主客运大楼的面积约514,900平方米，是韩国全国第一，也是全球第三大的，仅次于香港国际机场及曼谷苏凡纳布国际机场（2007年8月的资料）。大楼长约1060米、宽149米、高33米，建造的费用约为7兆8000亿韩圆。

也许我们这一行百十号人都是第一次到仁川机场的吧，大家对这里都不熟悉，但也不想浪费等候转机这几个小时的宝贵时光，我们四五人就相约到首尔市转转，否则天一亮就不让走了。

我们来到机场大厅外，远远看见一辆的士停在路边，几人就奔了过去。司机见有乘客，就放下驾驶室门的玻璃。科技部帅哥王耀用英语和他打招呼，意思是我们想去首尔。也不知这位司机听懂没听懂王耀的英语，只听他用标准的汉语说："请说中国话。"边说边探出身用手指了指车身，这时我们才看到，车身上喷着五个大字——"请说中国话"。刚才因为灯光朦胧，加之谁也没想到会遇到一位懂汉语的司机，所以四五人谁也没留意车身上这五个字，司机一开口，倒让我们真真地吃了一惊，难道遇上了中国人？

司机解释说，我在你们中国工作了七八年，自然会说中国话。最近回到韩国，就从事了开的士的工作。

我们用汉语向他说，第一次到韩国，想去首尔最热闹的地方看看，并说必须在天亮之前赶回来。司机算了算时间，说不够用，到首尔单程一个小时，如果进到街里可看的地方，几乎需要两个小时，那么往返需要四个小时，你们在街上一逛，最少也得一个小时吧，回来是来不及的。

我们又和司机商量去哪里可以看看首尔的夜景或者夜市，司机说，除了首尔市中心，晚上还真没有可看的地方。无奈，逛首尔的想法只能收起来了。几人遗憾地和司机分手，我们边往回走，边回头看车身上的那五个大字——"请说中国话"，这五个字，成了欧洲行我们几人之间的戏谑语，也成了此次欧洲行的一段佳话！

在韩国看兵马俑

看了这个题目，看官也许会骂我无知，或曰汉奸，怎么把我们的国宝说成是韩国的？怎么成了"在韩国看兵马俑"？你去西安看看吧，到底兵马俑在哪儿啊？！简直一个无知加棒槌！

是的，看官刺儿得一点不错，我们的兵马俑是在西安，早在二〇〇三年我就去西安瞻仰过那惊天地泣鬼神的兵马俑，并购买了兵马俑画册，当场请兵马俑发现者之一的李先生签名留念。

那本文的题目怎么成了"在韩国看兵马俑"了？

诸位看官，听我慢慢道来。

话说，我们几位想找出租车到五十余公里外的韩国首都首尔逛逛未果，并且闹出了"请说中国话"的小插曲后，就回到机场小憩，转眼天就亮了。几位同事说，到外面看看外景吧。于是几人带上相机，步出机场，绕着机场大门找景拍照留念。在机场大门南侧，我们沿马路前行，边走边拍，然后折返回来北行，继续拍马路外景。突然，一辆巴士紧紧攫住我的双眼，巴士身上那传神的人物，那第一次见到却猛烈撞击你心灵的话语，我惊呆了！猛然，我想起，赶紧留下这可宝贵的镜头！我举起相机，按下快门——兵马俑那威武勇士和身边的"强无常强，弱无常弱"八个大字，永远定格在我的心中！

我在西安兵马俑逗留半天，参观了几个展馆，听取了讲解员也算详细的讲解，那雄伟壮观的兵马俑，令人震撼，但是，震撼归震撼，却没有像这次，仅仅是一幅车身宣传画，竟然给我的心灵带来猛烈的撞击，使我陷于久久沉思，直至今天！

是啊，强无常强。两千年前，统一六国的秦国，不可谓不强，但是，它强了多久呢？区区十五年，仅仅十五年啊！

我想，韩国人何以如此呢？他们用号称世界第八奇迹的中国兵马俑，警示他们的国人，怎样保持一个强国，怎样防止由强变弱。只要有了这样的心态，有了这样的警戒之心，那亚洲四小龙的称号，就永远保持住了，而且还会更加强大。

几年来，这八个大字——"强无常强、弱无常弱"，时时映现在我的眼前。

今天，我再把它送给您，我可敬可爱的读者朋友。

而且我要问：兵马俑在哪里？！

二〇一六年九月十九日记于阴山暖石斋。

山西游记
三则

小　引

2003 年 8 月 24 日至 27 日，我作为包头电台

第三批赴山西采风团成员游览了绵山、乔家大院

和平遥古城，返途中我于太原退团，前去拜访了

著名作家韩石山先生。这次短暂的旅游，感触颇

多，遂作游记三则，与爱好此道的朋友共享。另有杂感《山西朋友，你让我们伤心》先在 2003 年 10 月 12 日《山西晚报》一版加编者按语重点提示，三版头条通栏全文刊发，后应《山西文学》主编韩石山先生之约，增加文字量和内容后，随即在杂志上刊发；《游晋四日记》（日记）刊发于全国唯一的《日记报》杂志总第 33 期。

美　哉！　绵山

这次晋中之旅，开始我是反对游绵山的。到了绵山之后，我才深感不虚此行，真正感到了北方有山。

绵山位于介休市东南，地跨沁源、灵石、介休三县市交界。这是我们此次晋中之旅的第一站。

也许是老天故意要扭转我的偏见，一上进山路就遇上大雾，看不见车窗外的任何景物，稀里糊涂上了山。在山门，导游说要换车，司机说他的车进不了山，前面有山洞，洞口开得太小了。司机接着又说，山西人小气，连开山洞都不舍得开大些。

换上绵山的中巴旅游车，开始进景区。这时，雾已散了，天仍阴着，但能看清不太远的景物。过了司机说的山洞，才发现路原来开在悬崖上，有时头上就是山体，路的右方就是悬崖，有多深，根本看不见底。这时，我方理解刚才过的山洞为何开的小，如果大车进来，路根本容不下，更主要的恐怕是外地的司机不熟悉路况，很容易出危险，这与小气无关，倒显出景区管理者的细致和人文关怀精神了。

第一站游览的是栖贤谷。这里的景色以山泉为特点，沿山涧设有水上云梯、山崖钢板梯，还有立在水中的梅花桩梯，各种梯下就是湍急的山泉水，云梯沿山涧蜿蜒而上，足有数公里。这段水上行走，既考验人的胆量，也考验人的行走技巧，确是别出心裁。

过了栖贤谷，就是介公岭，岭上是介子推的墓，墓前有墓碑亭，两侧立有多个人物石雕，不知雕的是什么人物。介子推的故事，史书多有记载，是春秋时期最动人的一段君臣故事。说的是晋文公重耳的随从介子推曾"割股奉君"，后来重耳返国即王位，分封有功之臣时漏掉了介子推，而介子推又早有隐居之意，遂偕母隐居绵山。后来重耳派人寻找介子推到绵山，介子推坚决不出山，重耳心急，就命人放火烧山，想以此逼迫介子推出山。谁知介子推宁肯焚身火海，也不愿出山，就和母亲被活活地烧死在山上。重耳悔恨无遗，便改绵山为介山，把地名定为介休，并定焚山这一天（清明节前一天）为寒食节，禁火三天，以表示对介子推的纪念。介子推的人格力量，征服了大文学家、史学家司马迁，

也征服了大诗人屈原，更征服了三晋帝王和百姓。介子推是三晋历史上第一个也是唯一一个，

以县铭记，以节铭记，以俗铭记的高洁之士。他的人格力量已经成为晋文化中不

可或缺的一部分。难怪三晋人要下大力气开发绵山。我们下到介公岭的半

山腰，见到开发商正在修建供奉介子推的庙宇，庙宇依山而建，气势宏伟，不可言状。我和同事们在此留影做为纪念。

由介公岭下来，已到午时，导游安排在此午餐。

下午，天公不做美，下起了小雨，我们冒雨游绵山至胜抱腹寺。抱腹寺因建于抱腹岩而得名，今天又叫云峰寺。它始建于三国曹魏时期，距今已有一千七百余年。抱腹岩坐东面西，腹腔恰似一个巨型的大海碗，整个寺庙群二百余间殿宇、馆舍就建在这个碗型的山洞里。这样的寺庙群中外可谓绝无仅有。更令人叫绝的是抱腹岩绝壁挂铃和吊灯，场面惊心动魄，叹为观止。我仰面拍照，留下的不是山景，而是雄奇，是震撼，是伟岸！

离开绵山时，雨更大了，我和两位同事冒雨在山门留影，山门上大书："绵山胜境"。我心中说，绵山，你当得起"胜境"二字。

绵山有十二景区，我们仅游了三个景区的部分景点。据景区导游介绍，对绵山的开发由私人投资十二亿，我们现在看到的大多是新的建筑，已经用了六个亿。这位导游说，等整个开发工作结束后，你们再来，绵山就更美了。

绵山使我震惊，它的险峻，它的壮美，它的历史，它的人文景观，完全超出了我的想象。更使我震惊的是介休人对绵山开发的大手笔，是

他们的眼光，是他们利用自然风光和人文遗产的气度。

这使我联想到包头，我们也有丰厚的历史遗产，我们有赵长城、秦长城、赵王古城，还有怀朔镇，麻池古城，还有五当召、美岱召，可我们是如何开发的呢？做为一个旅游城市，仅仅靠广场是不够的。

乔 家 的 家 风

这是我第二次来乔家大院，第一次是1986年我于山西财院毕业的时候，学院组织外省的同学做晋中三景游时（祁县乔家大院、文水刘胡兰纪念馆、石壁山玄中寺）来的。今天的乔家大院和十几年前相比，整齐了，繁华了，陈列品也多了，门廊上也新增了许多对联，更主要的是新增了许多内容，这是我当年来时所不曾见到的。

提起乔家大院，人们并不陌生，张艺谋一部《大红灯笼高高挂》让乔家大院名满全国乃至全世界。作为包头人，更是早于此就知道山西有个乔家大院，因为它和包头有着紧密的关系，多少年来在包头就有句民谚，叫"先有'复盛公'，后有包头城"。"复盛公"就是乔家大院的先人发迹时在包头的商号。乔家大院的先人是从包头发迹的，他们也为包头的发展做出了贡献。张艺谋的《大红灯笼高高挂》是一部文艺作品，影片所表现的生活与乔家大院实际的生活是没有关系的。

乔家大院坐落于祁县城东北12公里的乔家堡村，北距省会太原50公里。始建于清乾隆年间，后又在清同治、光绪年间及民国初年多次增修，时间跨越了两个世纪，却保持了建筑风格的统一协调。据导游讲，从高处俯瞰，乔家大院整体为双喜字型布局。它占地近9千平方米，由6幢大院19个小院313间房屋组成。1986年，祁县将乔家大院辟为祁县民俗博物馆，于当年11月正式对外开放。1986年夏我第一次来时，还没有正式开放，当时是作为阶级教育基地让我们参观的，难怪许多内容当年没有看到。

这次来参观，有三点给我的感受最深，那就是：乔家的经商之道、用人之道和严格的家风。

说起经商，许多人马上会想到坑蒙拐骗，弄虚作假，尔虞我诈，特别是这些旧社会的地主资本家。其实恰恰相反，乔家之所以在商界能立于不败之地，就在于他们始终坚持"道行、道德、信义"的原则，重在诚信，不弄虚作假，即使赔本，也不让顾客吃亏。

乔家的用人之道更是令人敬佩。我们看今天的许多私营企业，所用于关键岗位的人，基本上都是七大姑八大姨，老子董事长，儿子总经理，可以说是家族管理。而在一百多年前的乔家，虽然处于宗族观念十分强烈的中国，但在经商管理上，却能大胆地使用外姓人，聘用外姓人做掌柜，而他们作为财东，对这些聘用的外姓人掌柜的经营却不加干涉，不问号事，也不向号内推荐人员。只是在年终，由掌柜的将经营情况写成"清抄"送东家过目。这样的用人之道，难怪乔家的掌柜、经理无不努力奋发，为其卖命。

更令你想不到的是乔家的家风。按我们一般的思维，象乔家这样的大户人家，连狗吃的都是米饭炒肉，生活不定多么糜烂，其实不然，乔家的家风非常严格。我们来看乔家明文规定的六不准：一不准纳妾，二不准虐仆，三不准嫖妓，四不准吸烟（大烟），五不准赌博，六不准酗酒。这些条款今天看来似乎不难，但旧社会的大户人家，象这样的能有几个，能做到又是多么不容易，而乔家人却做到了。不象我们现在有些大款，有俩钱就想着臭美，就找不见北，不是桑拿小姐，就是包二奶，再就是豪赌，对子女也是娇生惯养，从小就养成了衣来伸手饭来张口的恶习。这与百多年前的乔家相比，哪里能用得上"境界"一词？这确实是值得我们深思的。

乔家大院，从某种意义上讲，应该是我们今天的一面镜子。

拜 访 韩 石 山

我这次晋中游于返途中申请退团，是要到太原拜访著名作家、《山西文学》主编韩石山先生。司机不敢下高速公路，我只得在高速上下车。一下车，事先联系的我大学的马老师已经站在路边接我了。这时是早上八点多一点。

给韩石山先生家里打电话，家人告诉去医院看牙去了，中午能回来。我请家

人一定转达我中午必去看他。然后我们就直奔《山西文学》编辑部。快到编辑部时，马老师指着路边的一处不起眼的房屋说，这里就是赵树理故居，我们回时看看。

《山西文学》编辑部的院落非常幽雅，从大门的牌匾上知道《黄河》编辑部也在这里。我们问了门房，就直接上三楼。我先为同事张娜订了一份《山西文学》，接待我的张老师说，你的名字好熟悉，我说，我订阅了咱们的杂志，有时和韩石山老师通信，可惜他这时不在。张老师说，正在呢，我刚见他，我过去再看看这会儿在不在。转眼，张老师回来说，韩主编请你们过去。

韩石山先生见到我们非常高兴，为我和马老师沏茶。我利用他沏茶的机会细细地端详他，比照片似乎英俊些，憨厚些，比我想象的个头也高。我说，98年我路经太原，特意来拜访您，可惜没有联系上，那天又可巧是星期天，单位也没

人接电话。他说，那年去包头，我给你的办公室打电话，没人接，我又不知道你的手机，又错过了一次见面的机会。我说，所以这次我无

论如何也要来看您。我拿出新近刚购买的《韩先生言行录》请他签名，又拿出事先准备好的暖石斋存藏的13部韩先生著作目录请他过目，想索赠暖石斋不存的几种。韩先生高兴地说，你怎么收了这么多，一般人收不了这么多呀。接着韩先生又说，我一共出了20本书，你缺的全是早期的，我也没有了，我把名单给你抄上。说着，他在我列的名单之后又写了五部书的名字：《轻盈的脚步》、《鬼符》、《魔子》、《猪的喜剧》、《韩石山文学评论集》。停顿了一会儿，又说，还有两本，一时想不起名字了。

这时，我又说，前两年读者订阅《山西文学》可获赠您的一册签名本，我刚给我的同事订阅了一份杂志，能否赠她一册书呢。韩先生说，这项赠书的规定已经取消了，可是，你来了，又是为你的同事，我必须送一本。说着，他打开写字台左侧墩子的门，从里面取出一本《我手写我心》，题签盖章。

马老师又和韩先生聊了一些山西的事。我说，韩老师还要去医院，我们先走，中午我们在一起坐坐。韩先生说，传友来了，中午我请客。马老师说，我做东。韩先生说，我的客人，怎么你做东。我说，马老师是我大学老师，学生来了，就让他做东吧。商定了地点，就欲暂行告别。我提议合个影，三人到院中合了几张影。韩先生看着我的相机说，传友还挺专业嘛。我说，爱好，只发过几张片子。

分手时，我问韩先生说，谢泳还在《黄河》吗？在。我给你叫他。边说边走边高喊：谢泳，谢泳，有朋友看你。进了近在咫尺的《黄河》编辑部，就有一位年轻人迎了上来，韩先生对他说，这是内蒙的冯传友，来看我们。中午我们在一起，有空吗？谢泳回答说，行行。说着，递上了一张名片。

和韩、谢二位先生分手后，我二人参观赵树理故居。先在门外各照了一张相，又到院里拍照。有工作人员从屋里出来询问，说是参观一下。进屋问工作人员，有没有关于赵树理的资料，说是现在正在拟建新故居，资料全封存了，等新馆开馆后才能有。在这里，见到三种赵树理新故居的效果图。现在的赵树理故居确实是太破烂了，看了让人心酸。

由赵树理故居出来，马老师回省政府机关，让司机把我送到解放路席殊书屋。在这里，我选了五本书：

《百年冷暖—20世纪中国知识分子生活状况》，作者马嘶，北京图书馆出版社2003年6月版，价29元；

《我的书斋》，曹正文主编，文汇出版社2000年12月版，价18元；

《石破天惊逗秋雨》，作者金文明，书海出版社03年7月版，价18元；

《我们仨》，作者杨绛，三联书店2003年7月版，价18元；

《创刊号风景》，作者谢其章，北京图书馆2003年6月版，价35元。

交款时间，是否打折？答，你是会员吗？我是外地的。不打折。我在当地为我们那里的席殊作过宣传。那打九折吧。谢谢。

后三种是我早就想买的，其中的《创刊号风景》还和作者联系过，并且和出版社的责任编辑联系过，不想在这里碰上了。《石破天惊逗秋雨》的出版社就在太原，我也曾经在网上查过，没有结果，今天也碰上了，真是缘分。

近午，马老师来接，打的去饭店。这家饭店的名字叫"伟人居"，起得好。先和马老师看了包房，我就下楼到门外接韩石山先生和谢泳先生。来了三人。经介绍，另一位是《山西文学》编辑部主任鲁顺民，我在杂志上经常见。

在等候服务员上菜期间，各位浏览了我在席殊购买的书。韩先生拿

着马嘶的《百年冷暖——20世纪中国知识分子生活状况》一书对谢泳说，这是你的强项，

倒让这位老兄给抢先了。

我请各位在此书上签名留念，谢泳在扉页中间位置签了个名字。韩先生接过书在谢泳名字的上方写到："这原来是我研究的课题，竟让此人捷足先登，可叹可叹！"又在谢泳签名的下方用括弧注曰："韩石山代拟"。鲁顺民主任只签了个名字。马老师题的是："今天我与诸位老师和传友一样特别开心"。

席间，交谈非常融洽，韩和谢都是性情中人，话题涉及到学问的家传渊源，涉及到出身，韩先生的观点非常人敢言。他说，人的学问，不能以家庭出身论，出身好就学问好，出身不好就没学问，其实，越是所谓出身不好的人，什么地主富农资本家家庭出身的人，越有家传渊源，因为他们的先人有条件读书，有条件接受新事物，我们的许多领袖都是所谓出身不好的，你看他们的学问多大，你能说他们没学问。真正出身贫寒的人，要想有学问，到不是很容易的事，起码他就没有家传，从小没有这方面的熏陶。这些话以前不能说，也不敢说，只有今天，我们才敢这么说。韩先生的这番话，细细想想确实有道理，令你不得不佩服。由此也可见出韩先生的性情和学问。

席间，我说，韩老师不但文章写得好，字也很漂亮。韩感兴趣问，你见过我的字？我说，从《中国作家书法集》上见到的。谢泳说，传友浏览的面真是宽。

饭后，我们相约在饭店门前留影，我特意把"伟人居"几个字也收了进来。

谢泳先生下午有事，先走了。我和马老师随同韩先生去参观韩先生

的书房。

真不愧是大作家，又是做学问的，书就是多，厅里一面墙的大书柜，书房里则两排书柜。字台旁边是电脑。我用笔记本记下韩先生存藏的一些大部头藏书名称，并与先生在书柜前合影留念。

韩先生对马老师说，传友刚才夸我的字好，我就分别送你二位一幅字。说罢，先生拿出一沓写好的字让我和马老师挑。我说，哪幅都行。先生说，送你一幅我的诗。说着从这一沓写好的条幅里面选出两幅，并从架上取下毛笔，分别补了题款。韩先生送我的这个条幅内容如下：

"自幼便知爱江南 绿肥红瘦终觉甜 最喜春日细雨中 过了小桥上小船 传友先生正之 韩石山 （石山白文印）"

打扰韩先生半天多了，马老师下午也还有事，只得告辞。真有些依依不舍。

打的把马老师送回政府，我则去逛尔雅书店。在尔雅浏览了近三个小时，许多中意的书不敢买了，在平遥已经买了300元的，上午又买了100多元的，兜里仅剩下200元留作买车票，掂来想去，还是买了一册《文学知识现用现查》，是中国致公出版社出的一本文学工具书。此书编得虽然不理想，但对编节目有点参考价值，也简便实用。

太原一天，收获颇丰，值得永久纪念。

二〇〇三年八月二十八日太原归来记，十一月十三日晨整理。二〇一四年九月二十六日校订。

探幽万年

冰洞畅游

芦芽奇景

——105.9 车友会自驾游散记

每到一地，一赏名胜古迹，二访书店书肆，三品美食小吃，这是必须的。如果是专程旅游，这第一就省略了，第二递进为第一。心诚则灵，每每多有收获。但是好事并非总是光顾你，也有落魄失意访书一无所获的时候，那就要转换心态，尽情地赏景吧。

话说 2009 年 5 月，就有这么一次，请君听我慢慢道来。

那时，我在包头电台生活娱乐广播（105.9）主办并编辑《魅力包头》节目已经三年，领导答应的台聘迟迟没有着落，这个迟迟不是三五天，也不是三五个月，而是整整三年，再慢的性子也有急的时候，何况三年！我虽然留恋干了十年的广播，但是去意已决，不能再在这里耗下去。我来到频道总监办公室，准备和她谈辞职的事情。一进门，副总监王蕊满腔热情地打招呼：

冯老师来啦，正要找你呢！

什么事？

频道组织车友会自驾游，正愁没人摄影，刚和总监商量请你老出山帮忙，呵呵，你就来了，好巧呀！

我这人心肠软，就怕别人说求，说请，正想怎么应对呢，那个软心肠的传友说，好的，这忙我帮了，什么时候走？

明天。

好，一言为定。

先走一圈回来再说吧，这趟自驾游的路线我还没走过呢，辞职也不在这三五天。于是，就有了这篇《探幽万年冰洞　畅游芦芽奇景》散文的素材。

生活娱乐频道这次的自驾游，是个有 30 辆小车、102 人的队伍，5 月 15 日至 17 日三天的旅程，游览山西宁武的万年冰洞、情人谷、石门悬棺、小悬空寺、汾河源、芦芽山，篝火晚会，主持人与听友进行零距离交流。三天的行程，增长了见识，开阔了眼界，交流了感情，增进了友谊。

——出发篇。

15 日凌晨五点半，30 辆贴着"105.9 芦芽山自驾游"统一标识的各色中高档小轿车整齐地排列在第一工人文化宫广场，六时零六分，进行了合影留念后的第一组车队出发，紧接着二组、三组、四组陆续出发，沿建设路、建华路、呼包高速、萨托公路，经清水河向山西宁武县进发。下午两点四十五分，到达宁武界，宁武县交警队的警车前来迎接并作引导，一支来自内蒙古的特殊车队行进在宁武县大地上。

——情人谷。

情人谷是一条精致的花岗岩小型峡谷，谷中幽峡曲径、绿树红花、清水流潭、小桥飞瀑，所有的景物都以情人命名——路是情人路、屋是情人屋、泉是情人泉、溪是情人溪、瀑是情人瀑、潭是情人潭，整条峡谷都弥漫着缠绵悱恻、优雅浪漫的醉人情调。车友会中的情侣们纷纷在"情人谷"牌匾前合影留念，以期万年合好。笔者看着眼红，也形单影只地在这里留影，权作纪念。

——万年冰洞。

万年冰洞海拔 2200 米，据称是世界中纬度永久冻土层以外唯一的冰洞，洞宽 10 余米至 20 米，深度为 100 米，上下共分五层，现在已经开发的深度为三层 60 米。冰洞形成于第四纪冰川期，距今已有 300 万年的历史。大家纷纷穿上景区配备的红色羽绒服，依次进入冰洞，只见冰笋、冰柱、冰瀑布、冰帘、冰洞、冰钟乳等等，晶莹剔透，目不暇接。有人说，我们常住塞外，也没有见过这么奇异的冰啊！

为了试试我的毅力，我脱掉棉衣衬衣，只留下跨栏背心，在冰川美景前留了个冬景夏装照。还好，既无不适，更没感冒，倒是挺清爽了一阵。

——石门悬棺。

据说这是长江以北唯一的悬棺群落。石门悬棺自上世纪九十年代被发现以来，如同各地的悬棺一样有着诸多的谜团：它为什么会出现在荒旱的黄土高原？它是在何种文化背景下出现的？它始于什么年代？所葬何人？如何吊装？等等。和全国十一个省发现的悬棺不同的是，这里的悬棺游人是可以很轻易地零距离观看的，看看棺里的真面目。

——小悬空寺。

在通往石门悬棺的路边石崖上，有新修复的小悬空寺，我们纷纷登山而上。"特有宝马"（骡子驾的轿车）驾驶员告诉我，这是唐朝的建筑，前些年毁于火灾，现在的建筑是这两年新修的。年轻的主持人及时地将这一发现通过连线转告了包头的听众。

——汾水源。

十六日下午，本应登芦芽山，因为一场罕见的冰雹加雨，我们只得返回。返回招待所后，天空竟然放晴，我们及时改变游览计划，前去汾河源。汾河是黄河的主要支流，长达 716 公里，它的源头号称"三晋第一胜境"，位于东寨镇北一公里的楼子山下。源泉从山脚下泉眼中涌出，通过暗道从一个石雕龙口喷泻而出，流入宽阔的河道。据说以前汾源的水流很大，管涔山的木料都是通过它运送的。汾源近旁的雷鸣寺，也是因为汾水出山声如雷鸣而得名。在这里，我们也集体合影留念。

——芦芽山。

芦芽山是集山、水、洞、林、石、珍禽异兽为一体的国家级自然保护区，有国家一级保护动物褐马鸡在内的 242 种动物，有以云杉、落叶松为主的 700 多种植物，因为形似"芦芽"而得名，海拔 2763 米，是我们这次游览的主要景点。因天公不作美而没有按计划成行的我们，在十七日上午继续前往。雨后的芦芽山更加青翠可人。团员们小到仅有五岁的小朋友，大到年近七旬的老者，都不甘示弱，纷纷拾级而上，石阶尽头就没有路了，只能以林间垃圾桶为路标、以云杉露出地面的根条为台阶，蜿蜒而行。从半山平台处继续攀登，就到了奇景纷呈的山顶景区。在这里，我们遇到了一位号牌上标有党员残疾人字样的陈姓摄影师，他没有象某些景区的摄影师那样占地为王，收取取景费，而是热心地为我们指点景点，为我们义务拍照，并引领我们游览景点。如果没有他的指点，许多景点都会被我们忽略的。这里有将军石、护林老人石、鲨鱼含珠、夫妻树、束身峡等景点，主峰绝顶约六平方米的石坪上，巍然托起一座四平方米的石砌建筑——太子殿。据考证，芦芽山是中国唯一的毗卢佛道场，太子殿即为佛顶。游芦芽山不可不登极顶，这里风光无限。

——归来。

由芦芽山下来，稍作调整，自驾游车队浩荡驶上归途。车友们沿途通过对讲机通报路况，哪个弯道处有驴车、行人，哪个弯道有大车驶来……当天晚间十点，自驾游车队平安到达一宫广场。简单的归来仪式，胜利的合影留念，依依不舍的话别，为塞外初夏乍暖还寒的夜晚平添了融融暖意，人们相互叮嘱，下次活动再见！下次活动一定参加啊！

105.9，再见！车友们，再见！朋友们，再见！

我呢，走过全国不少景点，买过不少景点介绍之类图书，也买过不少景点所在地风土人情的图书，可这次如许多的景点，竟无一处有相关资料可供游客参考阅读，更不要说相关图书了，不能不说是个不小的遗憾。开发旅游，只顾景点卖票，不顾文化，何以延续，何以壮大，何以远播？而这些，不靠相关图书靠什么，天知道。

二〇一五年四月十二日写毕。二〇一八年十一月二十八日略改数字。

来到那个右玉不想家

二〇〇七年九月十日至十二日，第二届西口文化论坛在山西右玉举行，我有幸得以参会。参观了南山公园、牛心山、苍头河、平集堡、西口古道、杀虎口长城，感动不已。自右玉归来即做"爬山歌"以志念。

小南山的松杨苍头河的水，
绿格茵茵的右玉实呀实在美。

牛心心就是那富士山，
右玉的天啊格湛湛蓝。

一脚踏上那石板板路，
苍头河的沙棘棘黄格噜噜。

平集堡的阳婆暖格融融，
晒阳婆的老汉汉喜格生生。

叨啦起过去走西口，
老汉汉满脸脸旧社会。

青石板板那是西口道，
后生你光脚脚走个一遭。

走西口不是人走的，
没活路的人儿逃命的。

告别老汉汉登长城，
满眼眼都是好风景。

不见刀枪不见沙，
红男绿女舞彩纱。

口里口外满眼眼绿，
人来人往都喜格兮兮。

博物馆里看历史。
后生小子皱眉哩。

额的先人就是格这，
吃苦劳累活受罪。

今天有了好生活，
这要感谢新社会。

唱起山曲儿收不住口，
右玉的绿色把额留。

来到那个右玉不想家，
三天好像刚住下。

一步三摇三回首，
不舍的泪蛋蛋往下流。

二〇〇七年九月于右玉一包头

（原载山西右玉《西口文艺》杂志二〇〇七年冬季号）

两年后，我随同西口文化考察团再赴右玉，见到大街上、县报上，许多地方的宣传用语，就是这句"来到那个右玉不想家"。

张掖，我来啦！

一感：张掖读书人

八年前，我与张掖擦肩而过。

这么说，其实也不准确。

没到张掖市区，却触到了她的香肩，那是实实在在张掖的地域——山丹。

那年要到张掖，是因为那里有一位书友。

长话短说。

话说那年十一，我夫妇与同学杨君夫妇一行四人驾车赴额济纳看胡杨，返程时我执意绕路走张掖，我要去看望二〇〇六年草原书会结识的甘肃读书种子黄岳年兄。征得他们三人同意，我就在奔张掖的路上给岳年兄电话，告诉他我的行程和位置。岳年兄听了自然高兴。

遗憾的是由阿拉善右旗到山丹的公路龙首山段正在维修，汽车不能正常行驶，自然要耽误许多时间，一进山，天就全黑了。

什么叫山里的天黑得早？不进山根本没体会。什么叫伸手不见五指？任何辞书上的解释都无济于事，什么比喻也难以准确无误，只有经过龙首山无月的夜晚，你才会真正领略到那个情景。

我领略到了。在甘肃。在龙首山里。伸手不见五指。

我和岳年兄电话说，到张掖是不行了，估计后半夜也到不了，这次我们就不见了，我在山丹住下，明天返包头。

岳年兄一听急了，别，别，你在山丹等我，路不远，我去山丹见你。你到山丹后把下榻的宾馆名称告诉我。

我把下榻的山丹宾馆名称刚短信出去，还没有洗漱一下，岳年兄的车已经停在宾馆门口了，好家伙，这么快！这么熟！就像到对门串门一样神速？

简短交流后得知，在我们到达山丹前他已经提前到了，又约了山丹一位当地中学的校长做向导和陪酒（岳年兄不胜酒力），自然神速。

这里用"老友相见，格外亲切"已经不够用了，岳年兄不仅自己来相见，还带来了夫人和亲友，先请我等四人在小吃街品尝了山丹名小吃炒疙瘩，然后移师酒店，这时雅间里已经摆满了一桌子当地菜肴、地产名酒。大有不醉不归之势。其结果可想而知。临走，岳年兄又搬出两箱子地产名酒金张掖放到了我们的车上，说，没喝好，回去慢慢喝。

我同学当时说了一句令我至今难忘的话——书友真比酒友亲啊！

我说，这就是张掖的读书人，虽然酒量不大，但是诚实。

在返程的路上，我频频回头：张掖，我一定会再来的。

二感：张掖读书城

在二〇一五年天津读书年会上，只有岳年兄一人参会的张掖赢得了下一届的承办权。

再来张掖，有机会了。

临行，买票出了麻烦：包头至张掖的车没有卧铺票了，要到临河以后才有卧铺。那我就从临河买吧，包头至临河这一段我扛硬板。但是，奇怪的事情来了，他们不卖我这趟车的硬座票，让我买另一个车次的硬座，到临河下车再转乘。我问为何不可买同一车次的硬座票与卧铺衔接，那回答真是颇具中国特色：这是规定。这段与读书无关，我为何要写，就是寄希望于铁道系统能有一位读书人，看到这段，回去改改他们的这个规定。

二〇一六年七月十八日年会开幕式当日凌晨，我终于来到了日思夜想的金张掖——全国第十四届读书年会的举办地。

出了车站，出租车一溜烟进入市区，我还没有来得及观景，街道两侧电杆上悬挂着的第十四届民间读书年会标识就猛然撞入我的眼帘，好似一把把鼓槌，在敲击着我的心扉，我的心咚咚地加速跳起来，热血上涌，眼眶潮湿——我参加读书年会的次数不算少了，总计十四届，我参加了十一届，无一例外地是在会场内外悬挂几条横幅，电子屏幕显示礼节欢迎词。而张掖，却在市区街道上悬挂出年会的标识，向全市人民昭示着民间读书年会的举办。

我放下行李，吃了一口早点就赶到会场——会演中心和甘州图书馆。

更加令人振奋的场景出现了，图书馆大门两侧竖立着精心制作的巨幅宣传牌，右侧有："第十四届全国民间读书年会——甘美天下书香张掖 全民阅读你我同行"，宣传牌上，陈子善、崔文川、王余光、罗文华、李城外、阿滢、周立民、倪建明、徐玉福、张阿泉、李传新等数十位著名读书人神采奕奕地注视着观者，向观者展示着读书人的超常颜值。而另四个大展示牌的主题则是"传承丝路文化 畅享悦读乐趣"、"阅读滋润精神 思考孕育智慧"、"以阅读为力量 筑梦未来"、"聆听八声甘州 走进书香城市"；左侧为："中国民间读书年会论坛"、"'阅读推广常态化建设'专题研讨会"、"曾纪鑫作品研读会"、"中国藏书票精品展 崔文川藏书票艺术展"等数个巨幅宣传牌。来到会演中心，大门上方巨大的 LED 在播放着历届读书年会的照片。

我心里暗暗感叹：张掖啊，你真是一个读书的城市！

我的这个感叹，在此后的书会活动中也得到了切实的印证：

——新书发布会：《我在书房等你》《问津书韵》《袁定邦诗文集》《甘州书声》等新书发布；

——周立民先生：《今天，我们为什么读巴金》；

——陈克希先生：《古旧书刊鉴赏》；

——倪建明先生：《中外藏书票欣赏》；

——《曾纪鑫作品研读会》；

——《全民阅读与书香社会建设》；

——《网络环境下读书型城市的建设》；

——陌上书会张掖站主动联系会议主办者，举办了一场"快乐读书 自由生活——文化名人与书友面对面交流研讨会"；

等等十一个场次的报告会与讲座。

真的好遗憾，我没有分身术，无法聆听各场次的报告。但是，张掖的朋友可以，他们可以分头欣赏、多点取经。

这届读书年会得到了张掖市委、市政府的大力支持，也是张掖读书人的福气了。

张掖市领导是开明且有眼光的。我所在的城市的图书馆馆长，近几年都是空降的政府官员，而张掖市能把一位真正的读书种子放到图书馆馆长的位置，是令人感佩的。

三感：张掖好买书

神灵有偏心，把个张掖打扮的五彩缤纷，美的甚至令人不可思议。

在七彩丹霞景区，一对老夫妻在争论着什么，我担心他们年纪大，在这"七月流火"的季节，别生气上火伤了身体，就凑过去准备劝解。到了跟前，我一听，乐了。

原来老汉说，这是什么自然景观，完全是人造的，他们把彩色涂料涂到山上，哄我们外地人花钱来旅游。老婆婆认为老汉说得不对，不服气，二人就争起来了。老汉还举出了证明：你看那所房子，房顶不也是彩色的吗？那不就是涂料涂的吗？

嘿嘿，还真有点道理噢！

但我仔细看了看，彩色房顶不是涂料，而是就地取材，就用的丹霞地貌的彩色沙土覆盖的。

我用来之前所作的点滴案头知识向老汉解释说，丹霞地貌景区五百多平方公里，这样的彩色地域就有十分之一，也就是说五十平方公里，怎么可能用涂料呢？再说了，涂料遇到雨水也留不住啊，你仔细看看，没有一点人工的痕迹和雨水冲刷的痕迹。老婆婆见有人支持她的观点，更加来劲地数叨开了。老汉听了我的解释，也向老婆婆表示服气了。

这个小插曲似乎可入张掖志。

有几届读书年会，承办方邀请书商朋友到会场举办旧书展，甚至旧书拍卖，还有的组织书友逛旧书店旧书摊。比如二〇〇五年我第一次参加的北京读书年会，就组织与会者到潘家园、报国寺、布衣书局访书；二〇〇九年鄂尔多斯年会有旧书拍卖，我拍到了流沙河先生的题词毛边本《流沙河近作》，我当即请在场的流沙河先生签名题词，原题词为软笔"或可益智"，沙河先生在原题词左侧钢笔题"冯传友先生千金市骨流沙河二〇〇九年九月五日竞买现场鄂尔多斯"；二〇一四年株洲年会请书商在会场外布展，组织与会者到河边书摊访书。这些都是书友感兴趣的。

张掖书会，居然在图书馆大厅搞了一个大面积的打折书展，让书友们大过了一把购书瘾。

我的几部书，是在景点得到的。

《山丹县志》。我的藏书中志书不多，仅有几部包头及周边的县（旗）志和我家乡的《牟平县志》。见到这部《山丹县志》却毫不犹豫地买下了。一是感情所致，二是想了解一下从汉代就有的山丹马场。所以就收了。

《河西走廊》。这是专题片《河西走廊》的纸质版。封面有这样几句话：这是大自然的馈赠，地球上除了海洋所有的景观在这里呈现／这是文明的通道，世界上不同的信仰与文化在这里交流／这是丝绸之路的必经之地，梦想和财富在这里蓬勃生长／这里牵动世界，这里改变世界／我们讲述发生在这里的故事，这里就是——河西走廊……

我没有看过这部专题片，从这部书里可有补课。

《张掖史稿》。看书名就值得一读。

《图说西游记与张掖》。四大名著看的最早的是《西游记》，直至今天，偶尔还会翻翻。马旷源先生的《〈西游记〉考证》乃为我的案头之书。这部《图说》自然要看的。这本扉页尚有编著者唐国增先生硬笔手书的《西游记》诗一首，亦可纪念。

二〇一七年七月二日至四日晨，断续写毕。

西子湖畔初访书——杭州

"上有天堂，下有苏杭"这句俗语，不知出自何人之口，在中国，却是目不识丁的老婆婆也会念叨的，可见其影响之大。

到得杭州，我首先去的不是"浓妆淡抹总相宜"的西子湖，也不是"壮观天下无"的钱塘江，而是浙江出版大厦。我要利用这难得的杭州行之机，求书、访书。求书的主要目的，是将浙江文艺出版社的两辑学术小品丛书补齐，第一辑的《话说＜金瓶梅＞》，第二辑的《门外谈禅》。

动身来杭州之前，我从浙江文艺版图书的版权页上将出版社的地址抄下，是杭州武林路 125 号，下榻花园大酒家后，又以电话与出版社联系，告曰已由武林路迁至体育场路浙江出版大厦。热情的编辑在电话上告知如何乘车以及出版大厦的方位。

在浙江文艺出版社，接待我的陈编辑听说我来自遥远的内蒙古，非常高兴，他说，我去过你们包头，是为考察文渊阁书店。我告诉他我是文渊阁的常客，他更加高兴。得知我的来意后，陈编辑从对门喊来一位老先生，说我从内蒙古来杭州，找到出版社为配学术小品丛书。老先生领我到他的办公室，柜里柜外，桌内桌外，翻了许久，无奈地对我说，就缺你要的这两本，实在对不起。说完他又补充说，我这里没有，其他同志那里就更找不到了。我关心第三辑的出版情况，老先生叹了口气说，恐怕只有这两辑了。

我带着极为遗憾的心情离开了浙江文艺出版社，不仅仅为我的缺书没有配上，更为学术作品的出版难！

浙江古籍出版社与浙江文艺出版社在同一大厦，这里的编辑也非常热情。在这里，我得到了一部《明清散曲作家汇考》，作者庄一拂，著名书法家沙孟海题签，著名作家赵景深作序，这书是出版社发行部样书，柜中陈列的样书，原不出售的，接待我的编辑老师知我来自遥远的内蒙古，而且下车伊始即来访书，特破例出售予我。该书仅印 1000 册，28．8 万字，售价仅为 6．30 元，事隔 5 年，今天看来，却是在叩古。

浙江出版大厦一楼为图书零售部，品种多，档次高是其明显特点。在这里，我得到了香港中文大学教授金维基先生的《剑桥语丝》、萧乾先生的《未带地图的旅人——萧乾回忆录》，二书为"沙田文丛"之一，香港香江出版公司 1988 年出版。这是我收获的为数不多的港版书之一。其印刷、装帧之精美，为当时大陆版图书所难以比肩的。我在这里还得到了一部《言商谈艺录》，作者俞剑明，浙江省旅游局局长，书为作者的杂文随笔集，文章多是对经营艺术的谈论，对中国传统艺术的鉴赏，很对我的阅读口味。《名家谈吃》《名家论喝》为华夏出版社"休闲书屋"丛书中的两本，文章作者具为文化名人，也符合我饮食文化类收藏专题，具买下。

由出版大厦出来，夕阳那斑烂的光辉，映衬得杭州更加美丽，刚才的遗憾，已被得到佳作的喜悦而替代，此时的我，行进在繁花似锦的人行道上，脚步无比轻松，心情格外舒畅，口中不禁吟诵起杨万里的诗句："毕竟西湖六月中，风光不与四时同，接天莲叶无穷碧，映日荷花别样红。"

一九九七年十一月二十三日夜十二时写于暖石斋，二十五日夜改，三十日夜再改。

金陵访书结友谊——南京

在南京下车，已是后夜两点了。因是初次来宁，就稀里糊涂上了据说"不远"的铁龙招待所接站车，既是铁路所办，想必"不远"，也给人一种安全感。哪知接站车一开就不停，也不知拉了有多远，左拐右转，进了一处平房大院。至此无法，只能随遇而安，稍事洗漱，即与同伴张君安歇，并约好明日早起，去拜访《书与人》杂志社。

一早醒来，才从服务员的口中知道，这"铁龙"确实离车站很近，但不是南京站，而是南京西站。听后，心中颇有受骗的感觉。可事已至此，怨恨也无用，与张君草草吃了早点，按服务员指点的线路，乘车直奔市里。

真没想到，《书与人》编辑部所在的高云岭还真难找，问了多人，有的不知，有的只能指个大概，折腾了一个小时，才找到这条高高低低、狭狭窄窄的小路，难怪叫"高云岭"，倒也名副其实。

我订阅《书与人》，但缺创刊号，年初即汇款邮购，可事隔三个月，并未见书，这次造访编辑部，一是查查邮购情况，二是打问一下上月所投稿件情况。

编辑部在楼上，一位姓夏的女编辑热情地接待了我们。她听了我的来意后说，你的稿子，主编已拿去了，发的可能性大。她边说边从旁边的抽屉里分别拿出两个登记本，先查来稿登记，在我的稿件登记栏目，注有主编取阅的字样；在邮购登记本里，她让我看了创刊号寄出的日期，已经一个多月了。我说再回去查查，夏编辑说，你还是先拿上一本，以防寄的丢失。这本送你，不收费。夏编辑的热情和细致，真是令人感动。

由高云岭56号《书与人》编辑部出来，就直奔南京大学。我要前去拜访南大出版社的徐雁先生，一是购买他主编的《中国读书大辞典》，二是购买他责编的《雍庐书话》，三是购买南大版《曹聚仁传》。这三部书的出版消息，我都是由媒体上得知的。

出版社书评工作室的贾舒先生接待了我，他告诉我，徐雁不在，《雍庐书活》已经无货，如果你喜欢，就把我藏的一本送你。说着，他从抽屉拿出书来交我。淡雅的封面，一瓶写意墨梅，真是有味。之后，他喊来一位叫毕国平的编辑老师，说毕分管发行。毕先生听完我的自我介绍，非常高兴，说你由内蒙古这么远的地方来，专为访书，真是太难得了。他很惋惜地说，《曹聚仁传》还有货，《中国读书大辞典》库里已经无书了，咱们看看服务部有没有。这时，已近中午12时，他给发行部打了个电话，说有位内蒙古来的同志要买书，请等一会儿。服务部在校院外，这里也仅剩下一部，而且书已损坏，毕先生说，这样又贵又好的一部书损坏，太可惜，你不要着急买，我们过两个月重印，届时你可以邮购。我听从了毕先生的建议。接着他又领我去发行部，发行部在南大北院，很远，我们到时12点已过，刚才接电话的同志在等我们。她领我到书库选书，问我要精装平装，我说要精装。在书库，我见到了由匡亚明先生主编的《中国思想家评传丛书》已出的数种，我选了《张之洞传》，作者冯天瑜、何晓明。冯天瑜的文章，我早年曾读过，留下过很深的印象。对张之洞，我知道他的《书目答问》是一部很著名的指导治学书目。

我至今没有买到《书目答问》，却买到了范希曾编的《书目答问补正》，《书目答问》收录书目二千二百余种，除历史，地理、天算等少数西方传教士英译　　，其余全为传统典籍。《补正》除补充《答问》未收和新出的大量图书、版本外，还补足或纠正了《答问》漏略或讹误的书名、卷数、作者姓氏、刻书年代等近百处，在使用上，是很方便的。

在南大，我不仅仅得到了三部书，还得到了友谊，得到了学界中界对一个爱书人的真诚的友谊。

回到包头后，我委托文渊阁由南大订购了《中国读书大辞典》，并由这部《辞典》作红娘，结识了苏州藏书家、书话作家王稼句先生，这是后话了。

一九九七年十一月二十八日晚，灯下重新浏览由南大所购图书后而记，其《雍庐书话》已通读两遍，其中某些篇章，阅读多遍。十一时半记毕于暖石斋。

寻书觅籍在江城——武汉

因一篇报告文学获奖，得有机会成武汉行。行前一夜，是在美丽的希拉穆仁草原上度过的，虽时在初秋，但草原的夜晚寒气逼人，乃至所带的西瓜因无火盆①而无兴致食用。二十四小时后，待在武汉出了机场，什么西服，什么领带，什么羊毛衫，统统从身上退下来，右手提包，左手捧身上退下之物，躲在装有空调的接港车上，再也不敢下来。

我心中说，武汉，你真热的够意思！

会议安排在湖北省委招待所——洪山宾馆。报到后，下午无事，我逛书店的老毛病立马就犯，把个午前的燥热早忘在了九宵云外。向服务小姐问明书店的方向，遂出访之。边走边欣赏武汉的街景，正行间，一

"太阳书社"的牌匾闯进眼帘：书社仅一间门面，无窗无门，靠三侧墙立着六个书架，店主一老一中，似父子。我朝架上一溜扫过，即感觉这里书的品位不低，上档次。遂逐架细看。突然，眼一亮："书趣文丛"、"辽宁教育出版社"，字体虽小，却似有光芒。我急忙抽下金克木的《蜗角古今谈》，大致浏览版权页和序，不错，就是它。辽宁教育出版社的这套"书趣文丛"，我已从多种媒体上见过出版消息，也曾读过评介文章，心中购存意念已定，就是无缘得见，在此一见，那欣喜的心情，是可想而知的。我急忙拿下另外的两册：谷林的《书边杂写》，董乐山的《边缘人语》。书趣文丛第一辑共十册，这三册分别列二、三、六册。几位作者的文章先后都曾在《读书》杂志上读过，很是喜欢，特别是金克木先生，1988 年浙江文艺出版社所出"学术小品丛书"第一辑，即收有老先生的《燕口拾泥》，集中所收之文，长则千余字，短仅数百字，读来却颇有味。可惜，全辑十册，这里仅有三册。

之后，我又在书缝中觅到了王了一先生的《龙虫并雕斋琐语》（增订本），此书以前虽知名目，但误为学术文集，不曾用力访求，待书到手，一翻目录，大喜，遂与前三册一并购下。

首次访书，旗开得胜，次日午饭后，乘胜进军。问到外文书店，却得一中文图书，旅美华人胡静如所著《吃遍大江南北》。书中介绍了大江南北的饮食文化和风味小吃，破合我的口味，为我书架的美食阁又添了一道好菜。

返程前，我由武昌前往汉阳游归元寺，观古琴台，与翠微路边，见一旧书铺，门口平摊许多旧杂志，遂踅入浏览。还真有收获，在杂乱的书缝中得到了久觅不得的《闻捷诗选》，陈原的《书林漫步》（续编）和一册《古树趣谈》。（关于《闻捷诗选》的觅得及多年来对它的眷恋之情，我曾成文发表在《包头日报》上）这册《书林漫步》，有原书主的题签，购买时间为 1985 年 4 月 14 日，地点为"武书门市"，由此可见，原书主似应为武汉大学之学子，10 年后书流落旧书铺，到了我这北方的书虫手中，也是缘分。

从武汉浏览图上知武汉古籍书店在交通路，但询之多人，具不知交通路在何方，遂打消了往访的念头。赶往汉江路品尝武汉汤包这一名扬四海的风味小吃，到得汉江路，巧见交通路标，这里已是副食鲜活市场，在整条路上走了两个来回，方于鸡鸭鱼兔、虾蟹鳖鳝中觅得古籍书店的门脸。进得门来，里边倒还宽敞，但书具为新印古籍，浏览一遭下来，未有中意之书，但心又不甘，只得选一册清张潮《幽梦影》留作纪念。该书 1993 年我曾于山东胶州市购得一册，读后甚喜，这册只是多了一点今人的注释而已。书为江西教育出版社 1993 年版。

这次武汉访书，所得数量虽不多，质量却是没得说，且半数以上，是早存购藏之意的，其中《古树趣谈》一书，更是难得一见。

一九九七年十一月二十五日夜九点半至十一点五十记于暖石斋灯下

①内蒙民谚："早穿皮袄午穿纱，晚抱火盆吃西瓜"。形容塞外昼夜温差之大。

南京路上得钱著——上海

一九九四年元旦前后，我从上海邮购了两部书：周退密、宋露霞合著的《上海近代藏书纪事诗》、香港作家董桥的《这一代的事》。前者为华东师范大学出版社出版，书到手后，我在扉页题记曰："一九九三年十二月二十三日汇款华东师大出版社求购，九四年元月六日收阅，所开发票为十二月二十七日，时效之快，超过以往数家出版社。"这就是说，由我汇出款到编辑寄出书，连皮仅为五天时间，至收书日，也仅为十四天。这和某些邮购单位一拖就是两三个月，让你望眼欲穿相比，真有天壤之别的感觉。由于此，华东师大出版社在我的心目中，留下了既深且美好的印象。缘于此，这次途径上海，除要拜谒虹口公园鲁迅墓外，就是造访南京路新华书店和华东师大。可巧，同伴张君的妹妹在华东师大读书，他也极想前往。

经过几番倒车，到得师大，已是午后。待与张君见过其妹后，已到了上课时间，我二人遂与其妹分手，前去出版社读者服务部。值班同志讲，中午休息（这时已是午后），一会儿半会儿不上班，编辑部也没人上班。我二人只得退出，在门口，见到一堆出版社的图书目录，就顺手拿上一本。在往南京路的汽车上，将这本书目大致翻了翻，没有中意的图书。

又是几番倒车，来到了著名的南京路。站在这中华第一路，你不仅会想到《霓虹灯下的哨兵》这一著名的影片，还会想到南京路上好八连，作为一个商业工作者，我还想到了中华第一店——上海一百，是呵，南京路，你的含金量有多少？在这里，即有经济的含金量，更有文化的含金量，这后者，其意义更为重大与久远！

在书店门口，见到了某诗人签名售书的告示，进到营业厅，并未见售书场面，问诗歌柜台营业员，小姐拿出一印刷精美的诗集，说，签名时间已过，这是她的书。书印得就像所附作者玉照一样，确实漂亮，连内文用纸，都是彩色的。随便读了几首，均是情诗，似读琼瑶小说。书很薄，定价却高得离谱，遂将书还与小组，道了声"谢谢"，急忙离开。

在二楼文学部，我遇到了久觅不得的钱钟书的《谈艺录》，而且架上仅此一册，真是"众里寻它千百度，得来全不费工夫"。书为仿革面精装加护封，中华书局 1984 年 9 月第一版，这册为 1993 年 3 月第 5 次印刷的补订本。全书 45．5 万字，57300 册，定价 26 元整。我在书的后扉上作题签如下："一九九四年五月七日赴杭州参加全国第八次跟踪站工作会议，十五日返抵上海，十六日访南京路新华书店，无意得此喜不自胜，盖因久觅不得矣！至此，钱钟书先生专著几全矣，所购城市有广州、北京、上海、包头四地"。我这里所题的买"钱钟书先生专著几全矣"，仅是指当时而言，加之以后所出的几种，我购钱先生著作的城市，又增加了成都和济南两地，这自然是后话。买钱著，足可成一"记"。

上海逗留的最大收获，除拜谒鲁迅墓，了结了我多年的宿愿外，就是得到了这部《谈艺录》。

一九九七年十二月十一日夜写至半，十四日夜十点半写毕。

春夜地摊得"禁书"

——太原访书记之一

小引：1992 年 2、3 月间，我以包头质量跟踪站副站长的身份，到太原参加全国第七次跟踪站工作会议，在并五日，三访书肆，收获颇丰，特作"太原访书记"者三。

这次来太原开会，会外有两件事要办，一是看望母校我的几位课任老师，二是访书。前一愿望没有实现，不是我这做学生的没有诚意，而是另有原因——老师们调走的调走，经商的经商，仅剩下几位坚守教职，亦因大学教师不坐班而没有见到。费了九牛二虎之力，联系上一位已升迁省府某机关任处长的年轻老师，在校时教经济法课程。听说学生远道而来，放下电话就奔我下塌的宾馆。师生见面，互诉别后之情，颇为感叹。看望老师的心愿，仅此而已。

访书例很有收获，亦有可记之处。

到并当天无事，下午去拜访有业务关系的客户，主人很是热情，晚邀至食品街吃风味，饭毕已近九时，归至著名的五一广场，见路边有书摊二，急趋之细看，二者均为旧书摊，间有几本坦胸露腿的杂志。浏览一遭过来，检得几本，余者可读的大多早已收藏，时髦的杂志不屑一看。所选中者有一本很出名，这就是前苏联作家雷巴科夫所著的小说《阿尔巴特街的儿女们》。

小说为长篇巨著。全书有两条主线：十月革命节前夕，莫斯科运输工程学院学生萨沙、潘克拉托夫在学院党委会上与党委书记发生冲突，加之萨沙又在一纪念十月革命的墙报上发表了几首反对突击手运动的打油诗，学院就将其开除了，不久又被逮捕。萨沙事件在与他同住阿尔巴特街的伙伴中引起波动，有人为他请愿，有人无动于衷，以后这些人各自选择了不同的生活道路，有的探求真理，有的自暴自弃，有的生活放荡。第二条主线写苏共十七大以后，斯大林与基洛夫发生分歧，最后基洛夫被暗杀。

作者雷巴科夫 1911 年生于乌克兰契尔尼戈市，大学毕业，参加过卫国战争，其作品多带有自传性。发表过多部长篇小说和中篇小说。其长篇《司机》曾荣获斯大林文学奖金。《阿尔巴特街的儿女们》构思于40 年代，经过 20 年的写作，于   1966 年第一部完稿。其预告登在完稿当年的《新世界》杂志上，第二部预告登在 12 年后的《十月》杂志上，但都被禁止出版。书还没有出世，已成了"禁书"。但雷巴科夫认为书总有出版之日，并拒绝外商索稿，两次遭禁，他没有气馁，19 8 2 年又完成了第三部。在 3 0 多年中，他先后完成了七个稿本。第三部完稿的五年后，1987 年终于问世了，书一问世，就十分畅销，印了 120 万册仍供不应求，还被翻译成多国文字在 26 个国家发行。

书出版后，反映褒贬不一。赞者称它把"具有高度思想性的构思"与"完美的艺术体现"甚为难得地结合起来；还有人把它提到"人人必读的生活教科书"的高度。贬者斥其"为什么把所有的失误、困难和牺牲都强加在斯大林头上？"作家本人则称，他所有的作品都是想说明："一切都可原谅，但是杀死无辜者的领导永远得不到宽恕。"

我买的这本为漓江出版社1988年第一版第一次印刷本，58万字，首印41千册，译者为复旦大学夏仲翼教授和北京外语学院刘宗次教授。书前有刘宗次教授写的"译本序"。

书有九成新，原定价5.70元，我仅花了3元，在春寒料峭的三晋之夜，得到心爱的书，其乐也融融，其寒也融融。

有心访得钟叔河
——太原访书记之二

我最早读到钟叔河先生的文字，是他为其所编《知堂序跋》所写的序，序文只是客观地介绍了编辑体例，并无观点。之后，又陆续读到他为其所编《知堂书话》、《曾国藩家书》所写的序，深深为其编书胆略（要知道，周作人、曾国藩都是历史上有争议的人物），文笔老辣，思想深刻所震撼，从此，我处处留意于书肆及各种图书广告，希冀能发现钟的著作，但三四年过去，并无收获。

27日午前，我利用会议间隙，奔了一趟解放路书店。书店还是原来的规模，只是一楼全部开架自选，二楼全部为折价书。

在一楼，诗僧苏曼殊的文集，赫然耀目。对苏曼殊，我心仪久矣，可惜在此之前仅读过他零星几首诗词，见此文集，自然不能放过。

怀着喜悦的心情，继续寻觅，突然，"书前"两个大字映入我的眼帘，原来为钟叔河著《书前书后》，其封面设计别致新颖，封面书名四字，前两字字体为后两字的四倍，封底同样印有书名，却是后两字是前两字的四倍。经过数年的访求，终于见到钟叔河的书了，其喜悦的心情，真不亚于刚才见到苏曼殊。

这是一本书活，海南出版社 1992 年 10 月版，首印 3500 册，全书 131 千字，内收书活 62 篇，前有《黄裳序》与《自序》各一。黄裳先生在序中说，作者有些"很沉痛的话，却闲闲落墨，别无渲染。如果寻根溯源，这种笔路风致，可以到东坡、山谷、放翁的题跋里去找。有如人的面目表情，有的只是一微笑，一颦蹙，而传达情愫的力量却远在横眉怒目之上……"

我们且引作者置于开篇的《知堂书话序》中的几段看看，他在文中罗列了几种"不太想看"的文章后说："我所想看的，只是那些平平实实的文章，它们像朋友闲谈一样向我介绍：这是一本什么样的书，书中叙述了哪些我们想要知道的或者感到兴趣的事物，传达了哪些对人生和社会，对历史和文化的见解。这样的文章，无论是客观地谈书，或是带点主观色彩谈他自己读书的体会，只要自具手眼，不人云亦云，都一样的为我所爱读。"接下去，作者具体写到："在我所读过的书评书话中，周作人所写的实在可以算是达到了上乘的标准。"对周作人这样一个有争议的人物，作为其编选者，如何看待其人和文呢，作者写到："至于周作人其人和他整个的学问文章，我是投资格来谈的，因为知道得实在太少了，虽然他在晚年也跟我有过一些接触。"紧接着，作者引了一个古人的例子："张宗子《＜一卷冰雪文＞后序＝末节云：昔张公凤翼刻《文选纂注》，一士夫诘之曰："既云文选，何故有诗？"张曰："昭明太子诗集，于仆何与？"曰："昭明太子安在？"曰："已死"。曰："既死不必究也。"张曰："便不死亦难究"。曰："何故？"张曰："他读得书多。"作者继续写到："我所明白无误确确实实晓得的，也就是只有这两点：第一，周作人'已死'；第二，'他读得书多'。"

这样的文章，你不喜欢读么？

书前除附有作者肖像一帧外，还附有两幅清代民间版画——滚灯，其原画分别藏于维也纳民俗博物馆和圣彼得堡冬宫博物馆，也是难得一见的艺术珍品。

无意喜得叶灵凤
——太原访书记之三

在解放路书店访得苏曼殊和钟叔河后，更增加了我在并访书的信心。幸好，我预订的车票为会后第二日夜间的返程车，足足有一天的时间可供利用。

三月一日会议结束，我于早餐后将行装整理好，八时半出宾馆，直奔五一路书店。大凡书店，开门都晚，好象读书人都是懒蛋似的。到得大街，我方感到出来的早了点。早就早吧，不乘车，徒步浏览一下近几年五一路的变化也应是惬意的。

正行间，一块从未见过的书店招牌吸引了我——地图书店。乖乖，逛了十几二十几年书店，还从未逛过这类专业书店，这时的我，犹如一个美食家突然见到一味从来品尝过的佳肴一般，急于一品为快。还真不亏其名目，各类图册摆放的、悬挂的，令人目不暇接。我在饱览一番之后，选购了三种：香港、澳门和前苏联各共和国地图。另外，补购了一册《山西省游览图》，这本游览图，我于山西财院毕业前曾购得一册，并靠它的引导，游览了太原附近的一些地方，后来，被同学弄丢了。

出地图书店北行不远，路东即是新翻建的五一书店，看样子是复业不久，有些书架柜台还是空的，但已开的部分，则全部为开架，倒是方便选购。在中外文学部浏览一遭过来，只选了王蒙《红楼启示录》、牛汉《学诗手记》、曾卓《诗人的两翼》三种，后两种为三联书店"今诗话丛书"中的两种。诗话也是我所爱读的一类文字，但诗话大多不涉及版本学方面，似乎欠缺了点什么，读来不及书话更有趣些。剩下一个社科部，柜台部位不大，还不许带包，不看倒也罢了。

出门时，无意识地回头流连一盼，却转了念头，既然来了，看看又何妨。如是存下包，顺时针地转了起来。和众多书店的社科部一样，这里也不外乎陈列一些股票类、经商类、名人传记等，并无想购之书。正欲离去，书缝中"读书随笔"几个宋体字跳入我的眼帘，急将书抽出，嘿，正是我久觅不得的叶灵凤的书话集，这真是"众里寻她千百度，得来全不费功夫"，也不及细翻，其他也不看了，急忙向交款处走去，营业员说，还有一、三集。我这才发现，手中拿的是第二集。返身又从架上找出一、三两册，这时的我，其喜悦的心情，并不亚于在解放路书店遇到苏曼殊和钟叔河！

叶氏这套《读书随笔》，初版于 1988 年，我这套为 1992 年 5 月第二次印刷本，全书 64·7 万字，共收读书随笔 360 篇，分为 8 个部分：《读书随笔》《文艺随笔》《北窗读书录》《霜红室随笔》《晚晴杂记》《香港书录》《书鱼闲话》《译文附录》。在这些书话随笔中，他不仅谈论书，包括中国的和外国的，也谈和书有关的一切，从买书、读书、藏书、写书到与书有关的掌故，其文笔优美流畅，其行文不时闪现出智慧的光芒。

叶灵凤原名叶韫璞，笔名灵凤。早年毕业于上海美术专门学校，1925 年加入中国著名的文学团体——创造社。先后编辑过《洪水》《幻洲》《现代小说》《现代文艺》等刊物 193 8 年去香港，在《星岛日报》

主编《星座》副刊，直至退休。叶灵凤是香港著名的藏书家，其本人自称为"爱书家"，他的藏书主要为有关香港的书刊、西方的画册珍本和文学书籍。其读书的最大特点是："杂"，并认为"书愈读愈杂"，"实在很有趣"。他把书比作："友人"和"伴侣"，说常置案头的"座右书"是他最知己的朋友，翻开新书的心情就象在寂寞的人生旅途上为自己搜寻新的伴侣，而随手打开一本熟悉的书刊象不期而遇的老友。这厚厚三册读书随笔是一个其正的爱书家五十年读书生活的真实写照！

在这里应该特别一提的是，叶灵凤的爱书是与爱国融为一体的。在他的藏书中，有一部嘉庆本《新安县志》，这是一本海外孤本，英国人虽然在香港抓了一百多年的统治权，却并没有抓到这样一部和香港有关的地方志。好几次有外国人以当时的几万元港币（相当于如今的百万余元）的代价，想抓走这部书，都被他一一拒绝了。在他死后，他的家人完成了他的遗愿。这一部《新安县志》现在藏在广州中山图书馆。

一九九六年第十一期《鹿鸣》

——第五届民间读书年会日记选

出发前的准备

接到第五届全国民办读书报刊研讨会主办方的邀请函回执，就立即着手进行出发准备，首先要准备将近一个月的节目文案。到出发的前一天，本月的节目全部准备完毕，可以放心的成行了。另一项准备工作，是把要带到会上请作者签名的书从书柜和书堆里找出。会议通知上罗列了十一位到会专家和学者，分别是：刘征、流沙河、从维熙、邓友梅、钟叔河、陈世旭、薛冰、徐雁、陈子善、虞浩旭、龚明德。出发前给邹农耕电话落实哪几位可到，答曰：从维熙、钟叔河、龚明德、陈子善、徐雁、薛冰。邓友梅两可，流沙河先生因为身体原因不能来，天一阁馆长虞浩旭因为没有联系上，不好说。于是找出了钟叔河先生的《中国本身拥有力量》《钟叔河散文》《书前书后》《知堂书话》（上、下）《知堂序跋》；陈子善的《素描》《生命的记忆》《探幽途中》；徐雁的《苍茫书城》《沧桑书城》《开卷余怀》《雁斋书灯录》；薛冰的《纸上的行旅》《插图本》；董宁文的《开卷闲话三编》；陈学勇先生网信说他和沈文冲要到会，于是找寒斋藏存的陈著《浅酌学海》，可是找遍了全部书柜，就是不见其踪影。

11月13日 二 晴 包头至汉口火车 16 车 11 中铺

早上，请在达拉特电厂任副总的新英老弟上班顺路送我到包头车站，离开车时间还有二十分钟。16 车在最后，上车后竟然愣住了：这是硬卧吗？怎么像软卧一样？再仔细看，封闭的包厢没有门，这是硬卧。找到 11 号，行李架是空的，我把旅行箱放了上去，别看仅有二十本书，还怪重的呢。

和我同包厢的有一对夫妇带着一位不满两岁的小女孩，小家伙可爱极了，就是认生。还有一位是郑州某校的大一女生，刚到校几个月，就厌烦了课程，跑到包头会网友，玩了几天，这是返校。我问她学什么转业，答曰会计。女生的年纪不大，看样不到二十岁。父母拿上钱供她读书，她却扔下功课跑出去玩，真不知道这些孩子是怎么想的。

陈子善先生的《探幽途中》为十日新得之书，特意放在手边以作路上阅读。《探幽途中》是开卷文丛第三辑之一种，开本和装帧都十分可人。《开卷文丛》另九种为：子聪《开卷闲话三编》、戈革《渣轩小辑》、叶至善《为了纪念》、刘二刚《午梦斋随笔》、吕剑《燕石集》、许觉民《雨天的谈话》、范泉《斯缘难忘》、施康强《牛首鸡尾集》、彭国梁《书虫日记》。今天读了《探幽途中》八篇和跋文。其写施蛰存先生的《文章自由　人格自由》颇有见地。陈先生写到："在他留下的五十年代以来写下的百万字著述中，很少有时过境迁站不住脚的，就这点而言，大概仅有天津的孙犁差可比拟。完全可以这样说，施蛰存一直独立于权力之外，一直独立于主流意识形态之外，卓尔不群。"

下午，一位年轻的列车员卖《中国交通旅游图》，为2007年版，价十元。翻看了一下，信息还比较新。比如内蒙古的景点除了传统的昭君墓、成吉思汗陵、五当召外，新增了阿斯哈图石林、大青沟自然保护区两处，这就是以往所出的地图所没有的。旧图一般有河套地区细图，这个是呼和浩特—包头附近，东连乌兰察布、南接鄂尔多斯，就是今天人们说的金三角。可见制图者吸取新信息的敏感。

下午五时，接鹿鸣编辑部主任郭盛电话，说包钢日报副刊编辑丁鼎来了，想小坐一会儿。我告诉他，我快到张家口了。郭说，遇到好书代买啊。我五一前在北京潘家园买了一套《本草纲目》彩图集，郭见了以后爱不释手，一直埋怨我应该电话问他要不要，并提出用其他书和我交换。因我研究美食，这样的书是不可或缺的，所以没有答应。

以上为十三日夜九时半车厢熄灯后就铺位头灯记，之后约十时睡。

11月14日 三 晴 包头至汉口列车上、汉口

"欢迎您到湖北来！游三峡、探神农、登武当、品三国、逛武汉——极目楚天舒，浪漫湖北游！中国移动湖北公司祝您旅途愉快！10：04 14 07"

"听编钟神曲、看曾侯古墓、祭炎帝始祖、游灵山秀水——国家历史文化名城、中国专用车之都随州欢迎您。随州移动客服热线10086，商旅预定12580 10：14 14 11 07"

以上两则是车进湖北境内手机所收到的中国移动发来的信息，归纳所服务城市、地区旅游景点精当到位。

九点五十六分，接黄成勇兄电话，说在汉口等我，有人接站。心中大暖。

十一点五十，接传新短信：宣经理接站。黄成勇候你吃饭。到后复我。

我回复问其何时到汉口？答曰：晚上。有便车，我们一起赴会。紧接又复：晚上住一起，我已请宣经理安排，你先登记便是。

心中又大暖。

车晚点一小时零六分，本应十一点十分到汉口，十二点二十分方到站。宣经理在出口接。

车刚离开车站不远，刚过一路口，左侧小巷冲出一辆面包车，直接就撞了上来，撞到了我们车的尾部。宣经理看车伤的不重，又担心黄总着急，就和肇事司机说，算了，我不追究，走吧。但那位司机看着自己面包车的伤，说，不行啊，我得核定啊。原来他需要保险公司核定出保。所以他打电话找来了警察。几分钟后，警察到，察看了两辆车的情况，对面包车司机说，你全责，开罚单。警察拿出一张标有各种违章罚款的单子，查找到这种情况，嗨，仅仅罚五十元。太轻了吧。但这是警察查了违章罚款明细后给出的罚款，没有法外施恩。

警察处理的时候，宣经理给成勇电话汇报情况，然后让我打的先去饭店，我没有同意，成勇又来电话，说可以先来，让他们在那里处理。于是，宣经理拦了一辆的士，用武汉话交代了送我去的地方，我即行先走，行李仍然放在他的车上。

不远就是我们要到的天鹅饭店，成勇在路边接我，握手后引我登楼，餐桌边已经有三男一女四位友人在了，成勇一一介绍，开始喝酒。酒是湖北名酒白云边。我说下午想看旧书，少喝点，几位朋友不答应。喝了有三两。

饭后，成勇让他的司机送我到徐东古玩市场，并给我写了集邮市场的名称，让我五点到那里。

徐东在武汉二桥的南边不远处，主要是古玩，旧书很少，似乎仅有三四家，以书为主的仅有一家，其他仅是配搭。在这里，我仅卖了一册《楚美食故事》。

见有一家樊国民书画店，进去却仅有一幅字孤零零地挂在那里，其他全是瓷器。我问，字画店，何以不见字画？一位微胖的年纪大约五十大几的先生自称是店主樊国民说，想看字画，多的是。这时，沙发上一位老者站起说，这里有一幅王雪涛的画，先生可否看看。我未作表示，略露出不屑一看的神态。樊国民先生说，先生不相信，那你得看看。于是，画打开了。我虽然知道王雪涛的大名，但他的画却没有看过真迹，不可表态。只是笑笑。店主理解成我笑话他的画是假的。沙发上站起的老者说，我这里还有齐白石老人的扇面册页，请你看看。于是，他取出册页。我从相机包里取出手套戴上。两位老者对视一下，说，行家。

白石老人的画我也是仅见过印刷品，没有见过真迹。这本册页里的画有几幅还真是难说。应该是真的吧，但我不能表态，只是认真地看了看。

随后，两位老者和我攀谈起来。店主樊国民先生送我一册《湖北诚信、北京新华诚信2007年秋季艺术品拍卖会》画册，内收他的一幅画。还送了我一张《中国画名家名作选集》樊国民专页的复印件。专页介绍为：

樊国民，笔名苦瓜、墨林、武当山人，汉族，湖北大冶人，1948年12月生，毕业于湖北艺术学院，中国美术家协会会员，武汉市江海企业形象设计公司总经理，高级工艺美术师，画家。在学院攻读时受国画大师张振铎、周韶华、油画大师杨立光、刘依闻，后有幸拜吴冠中、康思巽诸位当代大师，并深受其影响，先后到武当山、三峡、崂山、敦煌等地写生大量的作品，擅长山水、花鸟、人物、书法，尤其山水、花鸟。

告别二位先生，即告别这个古玩市场。

二〇〇八年一月三日记于阴山暖石斋

初访上海 新文化 务社服海

——上海书会访书记之一

第十一届全国民间读书年会在上海召开,承办单位是巴金故居的《点滴》杂志。我虽然多次到过上海,也多次在上海访书,但是对这次上海之行还是充满了期待,希望能在会见老朋友之外,能多认识几位出席会议的上海作家和读书人,并在会前会后拜访几位文化老人,同时也希望能在会议前后淘到自己喜欢的图书。

我准备了赵丽宏的《赵丽宏散文选》,艾明之的《火种》,更是用心地把峻青先生的书找出几本,特别是那本无头无尾的《秋色赋》一定要带上,因为它陪伴了我的少儿时代,在那个书荒的年月里,是《秋色赋》为我荒芜的读书生活增添了一丝亮色。我用牛皮纸为它包装了书衣,又按顺序整理了目录并打印下来,装在了书的前面,一个自行装订的封面封底加目录加扉页的《秋色赋》就在我手里诞生了。为了平整,我还用几本大部头的书压在它的上面,经过一个晚上,书就压得很平整了。同时,那本完整的《秋色赋》也要带上,自行装订封面的,请峻青先生题写书名,这本完整的,想请先生签名。

除了会见老朋友,访书自然是最重要的一项。临行前几天,就和北京《芳草地》主编谭宗远兄商量哪天赴沪，如何住宿。我因为单位机构调整，领导开始不同意参加，所以就和谭兄商量届时和他住在一起，占他的光，省我的住宿费。谭兄很爽快地答应了。我们决定提前两天到，以便拜访文化老人和访书。

十一月二十六日晚，我登上了由包头机场飞赴上海虹口机场的航班，原定九点二十起飞，晚了五分钟起飞，两小时十分钟后的十一点三十五分，飞机平稳地降落，比空姐预告的时间提前了十五分钟。打的到达谭宗远兄预定的莫泰酒店，已是午夜十二点三十分了。办理完入住手续，服务员给宗远兄电话请他开门。

我把带来的最新一期报纸递给宗远兄，这期发了他的《海味》。宗远兄说，不该去掉"海味"的引号啊！因为它是变了味的"海味"。这个我倒忽略了，误以为宗远兄是把书名号误用成了引号而删掉的。看来，作为一名编辑，任何情况都不可掉以轻心，更不可随意乱改作者的一字一词，包括标点符号，而要深刻领会作者的用意。

二人聊到后半夜二时，明天还要访书拜友，就不得不入睡了。

早八时起床，收拾完毕就九点了，遂到外面吃早点。宗远兄是回族，他昨天就侦察好了吃早点的地方，一个伊斯兰小饭馆。饭馆虽小，倒也干净，匆忙吃完，二人就打的直奔位于古籍出版社附近的新文化服务社。

宗远兄也是第一次来新文化服务社，事先问了韦泱地址，在瑞金二路上海古籍附近。我俩就在瑞金二路和泰康路交叉口下车，一问路人，说是古籍出版社就在前面不远。果然，步行数步就看见一个门脸，上面写着上海古籍出版社读者服务部。干脆，先进这里边看看，顺便打听一下新文化服务社的具体位置。

不进则已，一进来，就动不了啦，好书太多了，看吧。于是，二人逐架看过去，宗远兄递给我孙持平主编的《银行老照片》，我一眼就看中了，这等资料图片哪里找去哦！

接着我又选了史宋霖主编的钱币丛书之一种，精装的《钱币学纲要》。工作人员看我选的都是与钱币金融有关的书，遂向我推荐了郭若愚的《智龛品钱录》和《苏州近代货币录》，我翻了翻，感觉都是有价值的资料书，就和前两种放在了一起。

继续看，台上一本《李贺歌诗编》吸引了我。

李贺的诗暖石斋已有两种。其一是文革后期江苏人民出版社一九七六年七月版的《李贺诗选注》，选注者是苏州人民纺织厂和江苏师范学院《李贺诗选注》注释组。这个版本自然带有那个时代浓厚的烙印，我们看它的《前言》是怎样介绍李贺的——"李贺，这位中唐时期具有尊法反儒思想的进步诗人，在当时激烈的阶级斗争推动下，把自己的政治思想熔铸进勤奋的创作生活中，写下许多'深刺当世之弊，切中当世之隐'的诗篇。李贺的诗歌，反映了要求革新进步的愿望和朴素唯物主义哲学思想，倾注了他憎恶黑暗现实和向往法治路线的强烈感情，表现出敢于亵渎'神圣事物'的反潮流战斗精神。"这样的文字是那个时代的显著特色。我得到这本书的时间是一九七八年五月，其时我正借调在包头市公安局专案组，工作非常忙，顾不上跑书店，是委托我原单位一位爱书的同事代购的。

暖石斋所藏的另一种是《李贺诗歌集注》，其出版单位就是我当下所在淘书的上海古籍出版社，出版时间为文革结束整一年后的一九七七年十月第一版，一九七八年四月新一版。这个版本的最大好处是直接在一九五八年中华书局上海编辑所的《三家选注李长吉歌诗》基础上标点出版的，是文革结束后该社的"中国古典文学丛书"之一种。

有了这样两个版本的李贺诗歌，也算够看了吧，何以在这里见到一本《李贺歌诗编》就被吸引住了呢？因为我手里攥的这本，是二十四开的袖珍线装本，宣纸精印，小巧精致，外带函套，携带方便，阅读养眼，把玩轻巧，简直就是一可爱的尤物！看看定价，也不算贵，二十一元，买下吧，还等什么？

　　反回头，我想说说那部《银行老照片》。

　　加盟包商银行之前，在我的购书行为中，偶尔也选购一两本自认为必须掌握的金融知识图书，比如《人民币史话》之类，加盟包商银行之后，选购金融类图书就成了自觉行为，当宗远兄递给我这部《银行老照片》时，我第一反映就是它的文献价值，这是必购之书，虽然定价高达六十八元，也在所不惜。

　　《银行老照片》是银行博物馆丛书之一种，收自清朝末期至上世纪八十年代银行业照片近二百幅。第一幅照片是位于上海现在中山东一路十八号的丽如银行，这是一八四七年进入中国的第一家外资银行，它早于我国第一家银行——中国通商银行——整整五十年。而第一幅人物照片就是中国通商银行创办人盛宣怀。对盛宣怀，我是久闻其名，对其事迹也略知一二，但其形象这还是第一次见。如果没见到这部《银行老照片》，怎么知道揭开中国金融发展史上具有划时代意义新篇章的人物竟然是一位干瘦的老头。

　　在上海古籍读者服务部，我选购了上述五本书，除《李贺歌诗编》外，均与我现在从事的专业有关。这是此次上海行的意外收获。

　　按上海古籍工作人员的指点，出门回返数十步右侧小巷，就是通往新文化服务社的通道。沿小巷前行数十步，路左侧有一个指示牌，上书：新文化服务社。我拿出相机，拍下了这个值得纪念的标牌和通道。

又前行约四五十步，左手就是我们要找的目的地了。看着这陌生而熟悉的门脸，我和宗远兄均倚门留照，留作永久的纪念。征得工作人员的同意，我进门后又抓紧拍了几张内景。收好相机，开始淘书。

任何事物的名气都不是白来的，书店照样如此。这家新文化服务社是名实相符的，不仅仅是面积够大，更关键的是书多。我和宗远兄在几排旧书架前看了两个来回，我选了两大摞，宗远兄也选了不少。这时工作人员说，里边还有珍本，是否看看？这个自然啊！于是，工作人员打开左侧的一个小门，进到里间，呵，别有洞天啊，这里规模也很大。只是转了一圈，相中的虽不多，却非常值得。一是国际复兴开发银行／世界银行编的《世界银行一九八二年度报告》，二是内蒙古人民出版社一九八七年十二月第一版的《内蒙古电影剧本选》上下册。前者与我的专业有关，后者是我第二故乡的资料，也是我近年收集的重点，二者自然都是我所珍爱的了。

我要特别提到两部书，就是在这里买到了欧阳文彬先生的《书简情—欧阳文彬藏信选》和黄宗英、冯亦代伉俪的合集《归隐书林》。为何要特别说说这两部书呢？昨晚到达上海后，宗远兄说今天要去看望欧阳文彬先生，然后想法拜访黄宗英先生，我说，我没有欧阳文彬先生的书啊，黄宗英的书家里有，因为没想到有机会拜访，就没带来。所以，昨晚真是好后悔了一阵子！也是天不负我，爱书半生结下的书缘，今天居然都遇到了，用一句哲学的话说，这是偶然中寓着必然哪。

数了数，二十一本，标价二百七十二元整，七折后实付一百九十四元。

告别了新文化服务社的工作人员，出门在路边的邮局将这二十六本书打包寄走。好大的一包呢。

二〇一四年六月十七日于暖石斋

逛文庙，大收获

——上海书会访书之二

早就知道上海有个文庙。早就知道文庙有个书肆。早就看过上海书友在文庙访书的文章，羡慕过他们的收获，羡慕过他们的近水楼台。可是，几次去上海，却从未有机会造访文庙，这次全国读书年会在上海召开，无论如何是要去一趟的，无论有无收获。

三十日，会议结束，我订购的是次日午后的机票，有大半个上午的时间可以利用，文庙距我们会议的地点不远，完全可以去一趟。一打听，好家伙，想去的书友还真的不少呢。

大家约定第二天一早六点半出发。晚上整理好大半个行李，不能完全打包，还要看文庙的收获几何，如果书多了，箱子是放不下的，需要邮寄，那只能等文庙回来再行整理了。

六点半准时下楼来到大堂，呵！你看吧，大部分与会书友都在哦，有的已经在路边等车了。人多，哪有那么多的士呢？赶紧往地铁走吧。其实只要两站地，倒也很快。出地铁右拐前行，过一个路口左拐，前行不远，就远远看到路两侧好似有摊位了，疾步过去，果然，书摊，还真的不少呢，窄窄的马路两侧全是啊！赶紧吧。

摊多，书多，真有点目不暇接。

看过几个，有几本倒也可看，还是再往前走走，好的也许在后边。嗬，这是什么？这不是《开卷》吗？这不是我日思夜想的《开卷》吗？

去年七一，香港回归十五周年，我随包商艺术团赴港参加演出活动，期间曾经到柴湾拜访著名的神州古旧书店，目的之一就是看看可否能淘到一两册《开卷》，非常遗憾，老板和我说，我凑了一个全套的，一个月前被书友全部买走了。我只能请老板再留意，如果收到《开卷》为我留下。今天见到，能不高兴？数了数，十六册，全部拿下吧。心里想，老板会开多少价呢？一问，我几乎以为听错了——五元一册！赶紧付款吧，还等什么。

再看地摊，还有一本《比亚兹莱装饰画》，这也是好东西啊！二十年前，我在太原五一路书店买到的叶灵凤三卷本《读书随笔》，封面画就是比亚兹莱装饰画。问价，十元。付款。

我以为，有了这两种，今天就不白来。

继续看相邻的书摊，一本《中华新地图》吸引了我，这是一本中华民国二十九年一月初版的地图集，编撰者为洪懋熙，发行人也是洪懋熙，总发行所为东方舆地学社，总经售处为大东书局。心想，就这，就可收。摊主开价三百元，两次还价，以二百六十元成交。

回来一查百度，编撰者果然了得——

洪懋熙，生于1898年4月，先在父亲私塾就读，后毕业于镇江中学，1916年秋肄业于南京工业学校。他从小酷爱史地，更喜好舆地之学，考试成绩为全班之冠，深得南京工业学校教师童世亨的赞赏和关爱。

但由于家境不济，洪懋熙不能继续求学，乃入童世亨在上海开办的中外舆图局当练习生，学习编绘地图。1917 年底，中外舆图局盘给上海商务印书馆，童世亨负责舆图科的工作，洪懋熙为绘图员。1922 年 2 月，应屠思聪之邀，洪懋熙到上海世界舆地学社编制地图，是世界舆地学社的"开社元勋"之一。1924 年 5 月，与上海大东书局合作，创办并主持东方舆地学社，编绘出版地图。直到 1941 年 12 月，日军侵入上海租界后，才被迫停业，至 1945 年 9 月抗战胜利后立即恢复营业。在他长期从事地图编绘出版工作的同时，还先后兼任江苏省立扬州中学的上海分校和泰州分校（亦迁上海）、上海敬业中学、同济大学附属中学等学校的地理教员。1954 年 12 月，上海私营地图出版社与北京国营新华地图社合并，组建为公私合营地图出版社时，洪懋熙进入新机构，负责指导教学地图的编制，在编辑行政室负责全社各类地图的审校验收工作。后来因病回上海休养，1966 年逝世，终年 68 岁。

洪懋熙从事地图编绘出版事业 40 多年的艰苦历程，是我国老一辈地图从业人员成长和地图编绘出版工作发展变化的一个缩影。他从小具有比较优越的学习条件，稍长又幸遇我国早期著名地理、地图学家童世亨，并得到他的帮助、关爱和指导，又先后在商务印书馆、中华书局、世界舆地学社等我国早期管理比较科学、专家学者荟萃、图书资料丰富的单位工作多年，加上他本人的刻苦学习，所以他对地图编绘出版业务的熟悉、掌握和提高很快。洪懋熙在中外舆图局和商务印书馆舆图科工作的三年中，参与了童世亨主编、商务印书馆出版的《中华民国新区域图》《中学适用中国形势一览图》《中学适用世界形势一览图》等的编绘和修订再版工作。1920 年至 1922 年，他在中华书局教科部工作时，独立主编中学适用《最新中华形势一览图》和《最新世界形势一览图》

等三种教学地图。1922年洪懋熙应邀参与了世界舆地学社的筹建和《最新中华形势一览图（表解说明）》的编绘工作。该图出版后很受读者欢迎，初版3 000册，不到两个月就销售一空，以后每版万册，每年再版三四次，仍然供不应求，因此，资本积累和地图品种也逐渐增加。东方舆地学社是1924年5月洪懋熙以图稿作价投资、大东书局以出版发行资金投资合作建立的，出版的第一本地图是洪懋熙独立编制的《最新中华形势一览图》（初、高级中学适用），该图有总图和分省地图33幅，每图附详细说明1篇，共16万字，收集各地实测新图重新核对编制，是国内较早淘汰"计里画方"方法，运用国际标准经纬线，并以北京的经线为起点的地图。其后随着形势发展和读者需要，又有较多的地图编绘出版，其中具有一定影响和代表性的除16开本彩印精装的由蔡元培题写图名的《最新中华形势一览图（表解说明）》和《最新世界形势一览图（表解说明）》外，还有《中华新教科地图》、《世界新教科地图》，单张挂图有《中华新形势大地图》、《世界大地图》、《东北事件与日本》、《暴日侵略我国局势图》、《中国国耻地图》、《孙总理实业计划图》，此外还有《中国国耻地理图说》、《百科常识问答》等书刊。

由以上百度资料可知，编撰者确实是我国的制图专家，那么这部地图集也就有了它的史料价值和文献价值。虽然这是本次访书单价最高的一部，也是值得的。

在文庙外地摊淘到的书，也还有几部书可谈。

《话本与古剧》，谭正璧著，上海古典文学出版社一九五六年六月第一版第一次印刷本。谭正璧的书，一九九四年曾经在浙江古籍出版社买到过一部，是出版社的老师们把样品柜里的让给我这大老远从内蒙古草原来的访书人，可恨的是在十年前搬家后整理书柜时，不知被谁顺手牵羊了。那是一本《弹词叙录》。今天又见到谭正璧,自然要拿下了。

《芦荡火种》,就是后来被改编为革命样板戏《沙家浜》的母本。文革期间,《沙家浜》可是没少看,其中许多唱词都能得背下来,可据以改编的母本《芦荡火种》,却一直无缘得见,今天见到,岂能放过,价格还可以接受——十五元。

在同一摊上,还买到一本《沪剧》,价格便宜,仅五元。

继续前行,在几乎到头的地摊上,一部《器物大词典》也令我爱不释手,还了两次价,以八十元成交。

提着这些宝贝,赶紧回返,因为书友们喊,文庙开门了。买票进门,门票仅两元。

满满一院子,都是书摊,和外面马路上的书摊不同,文庙里大多是有货架的,只是外围的摆在地上。我拿出相机,抓紧拍了几张,就匆忙看书。

在一个书台前,一梱《交通银行史料》吸引了我,仔细一看,上卷上下两册,中卷上下两册,下卷上中下三册,共计七册。这个史料,前两年曾经在北京潘家园买到过第一卷两册。说来也怪,没到银行工作时,很少见到与银行有关的书,到了银行后,与银行有关的书时不时地就撞到了你的面前,也是缘分吧。

我和摊主商量,可否拆开卖,摊主答复的口气似没有商量的余地,不拆卖。全套多少钱?我问。答曰,二百。一听这个价,我想,有门,还可以压一压。十元一本吧,我全要了,不行。二十元一本,我又提了十元。一百五拿去。付款,成交。

夏衍的《懒寻旧梦录》,是三联书店1985年7月第1版第1次印刷本。这本书,寒斋已藏,见到这本品相尚可,要价仅十元,还是拿下了,送人也好。

《风中玫瑰—回忆我家与孙夫人宋庆龄的友情》，东方出版中心2011年5月第1版第1次印刷本，作者是法籍华侨高醇芳，该书图文并茂，资料独特，值得一览。原书定价三十八元，我仅以十元得之。

《同仁著作目录（民国九十五年五月）》为台湾中央研究院近代史研究所编制的内部资料，要价不高，也许今后用得上。

这次访书得到的唯一诗集是郭小川的《甘蔗林—青纱帐》，作家出版社一九六三年十月北京第一版第一次印刷本。首印即达二万二千五百册，放在今天，对诗集来说，无异于天文数字。我早年喜欢郭小川的诗歌，学生时代读他的《将军三部曲》，曾经声泪俱下，邻居张奶奶颤巍巍地过来问，谁欺负我们小友啦？

看看时间，已经近十点，不能继续了，和谭宗远兄一起打道回府。皮箱是装不下了，只好另行打包，拟外出邮寄。这时，湖北书友李传新兄过来，说不用出去邮寄，叫快递过来吧。于是他电话叫来了快递，交付快递，路上就轻松许多了。

文庙访书，也交了两笔学费。那就是钱松嵒的《砚边点滴》和《可扬藏书票》作者签名本。其实，我对签名本没有特殊的爱好，除非作者认识，一般还是要请作者签名的，如果不认识，则很少贸然请其签名。这两本书，前者我早有藏，后者某年在青岛见过，想该书刚出，回到包头再买不迟，可回包后一问，所有书店均不曾进过，包括几家个体书店也没有进，那时又没有网上书店，这样一拖就到了现在。钱松嵒的签名怎么看也不像一位老画家的笔墨，可因为没见过作者签名，没有根据断定；可扬两个字倒是和书上印的可扬签名丝毫不差，两本书是一个摊主，开价三百元，几经还价，一百五十元成交。心想，即便是假的，两本老书，也差不多。到文庙里请韦泱兄一看，假的。

呵呵，果然！看来，无论干什么，学费是要交的。

二〇一五年四月十二日记于暖石斋。

淘书如赶海

——胶州访书记之一

每到一地，书肆是必须去的。这次有机会来胶州市，更不可放过造访书肆的机会。

胶州市位于山东半岛西南部，胶州湾西北岸，东距青岛市 40 公里，是山东半岛连结内陆各省市的交通枢纽。其面积 1210 平方公里，人口 72.5 万人，其中市区面积 25 平方公里，人口 14.6 万人。胶州为华夏文化发祥地之一，据考古发掘测定，4000 多年前，即有先民在这里刀耕渔猎，繁衍生息。春秋时为古介国，战国时为齐地。因胶州扼海运之咽喉，处陆运之要冲，商业贸易相当发达，在明清年间素有"金胶州"之美称。

来到胶州的第三日，我便急不可捺地向乡人打听书店的去处，一位放学的小学生热情地用手一指："汽车站南边，很近。"

这位小学生的神态，使我忆起前不久在山西杏花村所见的"牧童遥指杏花村"雕像。不过，牧童遥指的是产美酒的杏花村，这位小学生所指的是文化殿堂——书店。

书店营业厅有两层，除儿童文学读物外，全部实行开架，很是便利挑选。有了这样的好去处，除了工作之外，作为客居他乡的我来说，还要去哪里呢？

因此次来胶州，有很繁忙的工作，没有大块的时间可以利用，只能抽短暂的时间，匆忙地浏览。但七天中的六次造访，却也收获颇丰，讨得几部自己很喜欢的书。逐日记录如下：

九月一日：《柏杨谈社会》《柏杨谈女人》，陕西人民出版社1992年版；《茶酒治百病》，上海科学技术文献出版社；《胶州今古诗选》，青岛出版社1990年1月版；

九月二日：《影梅庵忆语·浮生六记·香楼忆语·秋灯琐忆》，岳麓书社19 91年4月版；《香江谈忆录》，花城出版社1992年12月版；《谈天说地》，广西民族出版社1993年3月版；

九月三日：《珠宝玉石和金首饰》，中国发展出版社1992年9月版；《卡扎菲传》，世界知识出版社1992年2月版；

九月四日：《幽梦影》，中国华侨出版社1992年8月版；《文坛剪影》，甘肃少儿出版社1991年12月版；《女性圣经》，广西民族出版社1993年5月版；《淫书界说》，中国广播电视出版社19 9 2年4月版；《中国现代作家大辞典》，新世界出版社1992年版；

九月十一日：《百姓祖宗图典》，海天出版社1993年5月版；

九月十二日：《十万个不要·家用电器篇》，农村读物出版社1992年2月版；《家用电器不求人》，厦门大学出版社1993年3月版。

这次胶州访书给我的体会是：淘书如赶海，只要有心，只要舍得下辛苦，收获总是有的，哪怕极美的海鲜暂时埋在沙里，总有被你掏出的时候。

一九九三年九月十三日晨记于胶州宾馆三号楼三〇六室

萤 窗 小 语

——胶州访书记之二

我们必须以年轻的冲力加上年长的慎重，站在古人的肩上高瞻远瞩，而不顶着古人的头颅以为标榜，才能成就伟大的学问。

同样是秋，有的人觉得凄风冷雨，萧瑟肃刹；有的人则以为是秋高气爽，最是宜人天气。随着心境的差异，同样的季节可以予人全然不同的感受。所以遭遇厄运，有的人会哀天怨地，一蹶不振；有的人却能泰然处之，开创新机。

勇者与智者的沉默可能是睿智的思索，力量的积蓄；愚者与懦弱者的沉默则是无知与退避。

所有伟大的沉默都应该伴以一个伟大的行动，如果永远沉默下去，就没有智慧的分别了。

以上颇富哲理的警言隽语，摘自台湾作家刘墉的散文集《萤窗小语》，不敢独享，特录片断与读者诸君共赏！

来胶州之前，我对刘墉一无所知。近几年，台湾作家走红大陆，也确曾读过一些人的作品。洋洋四大册，价高 60 余元的《台湾艺术散文选》也曾收得，并粗粗渐览一过，却并不见刘墉的踪影。

来胶州的第二十天上，第七次访市书店，于书缝中发现《萤窗小语》，书脊标明为"刘墉散文系列"，为中国友谊出版公司一九九三年版。既是"系列"，岂能为孤本，于是继续寻觅，果得《爱，就注定了一生的漂泊》和《点一盏心灯》两册。几天后，又于书缝中觅得第四册——《四情》。

刘墉，号梦然，祖籍北京。一九四九年生于台北。据《四情》所附《作者年表》载，作者22岁即获"中国新诗学会"颁发的"优秀青年诗人奖"，截至1991年，作者出版《萤窗小语》七集。其他中外文版散文、画集、画论、译作等 21 部，可谓多产作家。

《萤窗小语》出版于 1973 年，其时作者仅 26 岁。作者在该书《前言》中说："它是我二十六岁之前思想的集合，反映了一个初入社会年轻人的抱负与冲力"，"《萤窗小语》第一集，是在非常偶然的情况下出书的，当时那些短文只是我为自己主持的电视益智节目'分秒必争'写的开声自，由于朋友的怂恿，而试印了几千本，也正因为那些短文都曾于萤光幕上播出，并是我在深夜的窗前写成，所以定名为《萤窗小语》。"

作者接下去写道："没想到这小小如萤火般的书，竟然深受读者的欢迎，一版再版地到现在，连我自己都弄不清总共出了几十版，而最重要的是：它鼓舞我继续写作，使我立下写十本的心愿。"

作者没有写到第十本，只写了七本。续写的三本为《点一盏心灯》《超越自己》和《创造自己》。

每章仅有百八十字的议论小语，竟连续出了七本，竟再版到连作者本人都"弄不清总共出了几十版"，可见其受欢迎的程度。中国友谊出版公司出版作者散文系列，可谓独具慧眼！但这套丛书在技术处理上，也有不尽如人意的地方：一、作为系列丛书，应在装帧设计上有某一共同点，便于读者识别；二、应在每册书的适当位置（比如封底）印出"系列"所收的书名，便于读者配套。比如我买了前三册，并不知还有个《四情》，只是偶然碰上罢了。

胶州今古诗选

——胶州访书记之三

这本《胶州今古诗选》，是我目前所购的唯一的一本与胶州有关的书，青岛出版社 1990 年 1 月版，首次印刷 10000 册，刘才栋主编，著名鲁籍诗人臧克家题签。

收集与当地有关的文史资料，是我每到一地访书的内容之一，该书为首访胶州书店所得，喜之余，问营业员可有他种与胶州有关的图书。答曰"无"。后来于书缝中发现一胶州青年诗人所写散文诗集，因内容与胶州无关，没收。

《诗选》共收古今诗人所写与胶州有关的诗词 352 首，上至唐，下迄今。古人中著名的如：李商隐。苏轼、吴伟业、爱新觉罗·玄烨、高凤翰等，今人有纪鹏、贺敬之等，都乃诗坛大家。玄烨虽不以诗名，却是中国历史上著名的皇帝，即康熙帝。

古人中收诗较多者为高凤翰，计 28 首。高凤翰（1683——1749），胶州人，字西园，号南阜，为清著名篆刻艺术家，杨州八怪之一，《中国人名大辞典》有其传。其诗颇讲意境，曾有诗论曰："诗有异境，决非株守荒村日对妻孥所能得到。"又曰："诗必因题构，如人体称衣。谁将金锁铠，好向玉腰围？"所言甚是。请看南阜这首送别诗："君胡为者明日去，挽断征鞭留不住。君来君去总伤神，不如悠悠行路人。"这首"别靳秋水"诗中所表达的无可奈何之情，真是"道可道，非常道"。君不来还好，来即有别。别即伤神，真乃不如路人！如此表达送别之情、之意，罕见！

再请看南阜先生《秋日登古介城》诗句："山界长城通楚塞，云连大海接蓬莱。悲歌独放千秋眼，介子亭边吊古才。"一反前诗柔情郁意，是何等豪放，何等雄壮！由此亦可见，编者选诗，不独以乡人钟，实在也是"诗"高一筹呵。

（刊发于一九九三年十一月《胶州报》）

十年夙愿一日还

——武汉得《闻捷诗选》记

二十年前上中学的我，没有读过真正的新诗，毕业前夕下了一次乡，那里是民歌的家乡，山曲儿的海洋。我的毕业作文，就是采撷山曲儿的浪花，连缀而成的。可想而知，听了几支爬山调，就想写山曲儿，其幼稚的程度是多么地可笑。

就是这样，我的班主任、语文课任老师程全中先生仍然给了个"优"。他对我说，喜欢山曲儿，建议你读读韩燕如编的《爬山调选》，同时，多读一些优秀的新诗。随之，他向我推荐了严阵、梁上泉、李瑛、闻捷。并从他的藏书中找出了严阵和李瑛的诗集借我，闻捷的诗，他从成堆的杂志中翻出一册一九五五年五月号的《人民文学》，这期杂志，刊登了闻捷的《博斯腾湖滨》组诗，计四首。这是我第一次接触闻捷的诗，这组诗，给我留下了深深的印象。

从此，我处处留意闻捷的作品，说也巧，在那"大革文化命"的年代，我的一位很少读书更不读诗的邻居，居然借得一本闻捷的长诗《复仇的火焰》，他是听说这是一本禁书才借回来，据他说没意思。我向他保证不外传，只读一夜，决不误归还，他才借给了我。

在八瓦的日光灯下，我如饥似渴地读着，被书中的故事吸引着，被那优美的诗句震撼着，也为作品没有结果而遗憾。因为这部书，只是《复仇的火焰》第一部。我想把它全部抄下来，但约定只借一夜，第二天，邻居即来索回了。

从此，我对闻捷的作品更加留意，但几年过去，再也无缘得见。

一九八〇年春，这已经是文革结束的第五个年头，在北京地铁的书摊上，我突然发现了闻捷的名字，而且这名字就在书名之中——《闻捷诗选》，我当时不知是如何地激动，急忙拿在手中，迅速地翻着，噢，刚出，是刚刚过去的一九七九年的版本。我正要看定价，准备交钱，就在这时，一声汽笛，火车进站了，同伴从我手中夺过书，扔在书摊上，拉起愣怔的我，跑进了车厢。什么叫没反应，这才叫没反应，思想还在诗行上，人已进了车厢。书呢？我日思夜想的书呢？

这一别，就是整整的十五年。

一九九五年九月，我因一篇报告文学得奖，得有机会赴武汉参加颁奖大会，其间，于公私书店访得不少在包头见不到的书，但我万没想到，就在我将要离开江城的当天，我失之交臂十五年的《闻捷诗选》，居然被我撞上了。其经过，我题在了书的封三上，如下：

"是书一九八〇年余于北京地铁站曾见，惜未购，后颇悔之，十五年来，再未曾见。今年九月，余赴武汉参加第六届全国经营之光杯大会，二十一日返包前，往访归元寺，于翠微路路侧见一旧书铺，遂入内翻检，于书缝中觅得此册，真是喜不自胜。同得陈原先生《书林漫步·续编》，及一册《古树趣谈》。此次武汉行访书颇有所得，十几年前心愿得遂，真造化也。"

闻捷，江苏省丹徒人，生于一九二三年，在四人帮迫害下，于一九七一年一月十四日在上海不幸逝世。诗集后附有著名诗人李季的长篇怀念文章《清凉山的怀念——＜闻捷诗选＞书后》，文章记叙了作者与诗人的友谊，及诗人解放前后，特别是建国后的创作历程，对我们年轻一代理解诗人的作品，极有帮助。

一九九六年四月十二日《包头日报》

二访琉璃厂得识高信

一九九三年十月初，我和同事自青岛返包，途径北京，因车没办进京许可证，只得在三环外的一家招待所住下。次日，同事们去逛王府井，我则奔了琉璃厂。

这是我第二次造访琉璃厂。第一次是前一年的五月，我自中山市公出返包，趁在北京换车等票之机，几经打听，找到了向往已久的这条文化街，并得到了钱钟书先生的《管锥编》和自牧的《百味集》等心爱图书。这次虽然倒了三次车，那心情也是非常愉悦的，我知道，来到这里，肯定不会空手，肯定会有收获。果不然，在中国书店，陕西作家高信先生的《书斋絮语》撞到了我的眼前，并由此，使我与高信先生结下了一段书缘。

《书斋絮语》是高信先生的第三部书话集子。里面的许多篇章令你再三吟读不已，比如《书斋十记》，比如《书友素描》，比如几篇购书记等。因此，我给高先生写了一封求书信，求购他的另两部书话集。可我并不知高先生的工作单位，只得按书中作者自述工作在陕西商州，把信寄给了《商州日报》，请他们代转。可几个月过去了，并无任何消息。转年五月，我自杭州返包，第三次造访琉璃厂，无意中得到了高信先生任责任编辑的几部书，从而知道了高先生的工作单位，那心情，不是我这拙笨的手指能从键盘上敲出来的。回到包头后，我立即给高先生写信，述说了两年来买其作品的经历。高先生很快就回了信，不但褒我对书话有兴趣是"实在难得"，还寄来了他的另两部书话集《品书人语》和《北窗书语》。高先生解释说，还有一部《书海小语》，因为手边无书，不能寄了。这时，我才知道，高先生已经出版了四部书话集，也就是读书界称作的"高信四语"。

《品书人语》是作者的第一部书话集，1988 年由陕西人民出版社《读者之友》编辑出版。该书收文章、序跋 53 篇，书前有著名书话家唐弢先生 1983 年书赠作者的绝句："平生不羡黄金屋，灯下窗前长知足。购得清河一卷书，古人与我话衷曲。"编者在出版前言中说："高信同志业有专攻，同时又广泛涉猎群籍，所以在对现代文学研究、鲁迅研究、艺术研究等类作品的品评中，往往融会贯通，笔墨纵横，以举重若轻的手法，阐发出所论书籍的精髓和特质。他也有不少篇章借书评对编辑学侃侃而道，给人以启示和裨益。他的文风是值得称道的：观点鲜明，实事求是，不溢美，不掩瑕，刚健清新，生动洒脱，绝少有令人生厌的八股腔和坐而论道的经院气"。每篇文章附有书影也是该书的特色。

《书海小语》，陕西人民出版社 1990 年版，为该社《又一村丛书》之一。至今不曾寓目。《中国读书大辞典》介绍说："该书以书评文章为主，也收集了作者描写买书、写书、卖书、读书情趣的一组散文，从一个侧面，展示了一位读书人丰富多彩的生活及精神世界。"

《书斋絮语》，重庆出版社 1991 年版。该书除书评书话外，还有多篇文字谈到作者自学读书和从事文学研究的曲折遭遇，另有文章讨论了对杂文创作的看法，对出版界和文艺界不正之风的批评等。

《北窗书语》，陕西人民出版社 1992 年版。《中国读书大辞典》误为 1991 年版。该书分三大类。其一是《北窗书语》，收较长一些的书话；其二是《夜读漫抄》；其三是《鲁诗小札》，即学习鲁迅诗歌的札记，实际为作者 80 年代初研究鲁迅诗歌的论文结集。本书也有大量的书影。本书仅印 810 册，时隔十年，已是非常难得的一个本子了。

高信，原名李高信，陕西商州人。鲁迅研究家，书评家。陕西教育出版社编审。主要著作除前述的高信四语外，还有《鲁迅笔名探索》、《现代四十家漫画掠影》、《常荫楼书话》等。高信学生时代即喜欢读书，中学毕业后参加工作，长年坚持自学，写作。从研究鲁迅起步，曾从 1961 年起坚持剪报，积累成《鲁迅研究资料》专题剪报 40 余册。后拓宽至研究版画、漫画和现代文学版本等领域，是目前较为活跃的书话作家。

收到高信先生的赠书后，我即和高先生有了书信往来。1997 年 9 月，我自重庆返包，专程经由西安，拜访了心仪已久的高信先生，在先生的府上吃了可口的面条后，与先生在书房进行了长谈。先生向我谈了他的治学体会，他说，读书可杂，研究的主攻方向要专一，这样才能取得成果。先生还向我谈了积累资料的经验。这次拜访，先生还向我题赠了施蛰存《沙上的脚印》等三册书，这我已写在《买〈书趣文丛〉记》一文中了。时近午夜，先生送我至教育出版社招待所住下后方离开。

第二天，我寻访到先生介绍的刚开业的汉唐书店，买到了何倩的书话集《陋室翻书录》。她成了我西安至包头火车上的最佳伴侣。

二〇〇二年十二月三日夜九时三十分至〇时写于鞍山道暖石斋。写时，高信先生的容貌就在眼前。五日夜改毕。

买《内蒙古十二年建筑成就》（1947—1959）记

　　周日，乘上午八点四十的航班赴北京参加会议，十点五十赶到会议地点西藏大厦报到。报到后下午无事，按计划前往潘家园看旧书。

　　到达潘家园旧书市场已经下午三点。北京的初夏，气温已经很高，这时太阳当头，晒的厉害，那就从北侧开始看，这样也好背对太阳，避免阳光直射到脸上。

　　第一家摊主在喊："两元一本啦，两元一本啦！"扫了一眼，过去。直看到东头摊位最后，也没有相中一本。东头横着也有三四家摊位，看到南墙角落这家，倒是真有几本不错的。因为没有读者，几位摊主相聚在一起聊天，见我过来，摊主起身让我坐在她的板凳上，我说了声"谢谢"就坐下了。先看了一本日本出的什么"大东亚"照片集，全是日文说明。因为日文里边有许多中文，还是可以看得出来是日本侵略中国时的照片，太有史料价值了，但摊主开价一千五，太贵。还有一本也是日本出的地理书，内容是中国南部省份经济地理。从文字说明可以看出来，应该是伪满洲国时的东西。价格也是一千五。我两本书还价一千，不干；一千五，还是不干。只有放弃了。还有一些票据，是民国年间银行的支票，问问有没有内蒙古的，答曰没有，就没有看。

再扫描地摊，还有一本《内蒙古十二年建筑成就（1947—1959）》，布面精装，品相还好，就请摊主再拿来看看。书是一九五九年出版的，照片最晚也应该是一九五八年前的，有内蒙古主要城市的各类建筑。包头收了钢铁大街、呼得木林大街、青百大楼（也就是我曾经工作过的青山商厦）、第一工人文化宫、第二工人文化宫、东河区委，以及部分企业，比如砖瓦厂等，还有建设工地。有关包头的史料都是我感兴趣的，这本则更有兴趣，因我最近正思考写一组"画册里的包头"，这本正可以用上。

一问摊主，开价竟然一千二百元。还价二三百，直摇头。我说，三百，不行；四百，不行，必须六百；四百五吧，她没有回答，倒拿出手机打电话，好像是给老公的电话，只听她对电话那头说，那就没戏了。打完电话，她说，我老公说了，这部书进价还七百呢！

看看，呵呵，刚才六百的时候赶紧交款不就好了，现在倒好，七百了！

我说，你刚才还说六百呢，怎么一会儿就涨价了？这不老公说了，七百进的，六百不就亏了？无法，数了七张老头票。我说，那你不能让我多掏一百，送一张票吧，我指了指那摞银行支票。摊主这时倒痛快，拿过来，选了一张递给我。

有了这本《内蒙古十二年建筑成就》，今天潘家园就不白来。

还有南侧的摊位没有看，我告辞了这位自称是通辽的内蒙古老乡，继续我的看书之旅。

在南侧，还稍有收获，从高高一摞崭新的《中国地理学家及地理单位名录》中，选了一本装帧整齐的。该书的出版单位是鼎鼎大名的学苑出版社，二〇〇六年版，定价八十八元，仅印一千五百册，定价虽然高得离谱，但是卖得价格还可以接受，仅十元。我想，全国从事地理工作的人怎么也在一千五的十倍以上吧，与地理有关的单位恐怕也会有成千上百吧，这书怎么会一摞一摞地出现在地摊呢？他们都不看与自己业务相关的书吗？

在另一个摊上，见到十二册《文史资料选辑》，每册要价仅三元，全包圆吧，如果买重了，回去送人也好。

晚饭后擦拭这几本宝贝，第九十二辑《文史资料选辑》中夹有一张纸条，上面用油笔写着："刘老：帮您报销了今年的书报费6元，扣除'文史资料'92、94、96辑共2.50元，尚余3.50元，现送上。图书馆84、12、26"。这张纸条透露出这样一些有趣的信息：一是当年老同志有书报费，这位老刘同志订阅了六元的书报委托图书馆订阅和报销，另一种是全年的标准可能就这六元。二，这位老刘同志喜欢《文史资料选辑》，委托图书馆代为购买，可他为何仅买双数的92、94、96辑呢？那91、93、95为何不买呢？有趣，颇耐寻味。

擦拭完这十二本书，当即通览了《内蒙古十二年建筑成就（1947—1959）》，并读了第八十一辑《文史资料选辑》中《全国大陆解放后台湾国民党内派系斗争之一瞥》一文。

二〇一一年五月二十三日夜，记于北京北四环西藏大厦五一〇房间。

文化商城
有惊喜

——呼和浩特的旧书店

二〇〇六年，第四届民间读书报刊研讨会（后来演变为民间读书年会）在呼和浩特的内蒙古大学桃李湖宾馆召开，外地书友问我，在呼和浩特到哪里访旧书？我说，出内大南门，斜对面的文化商城里就有好几家，而且肯定会有收获。果不然，《芳草地》主编谭宗远、《书人》主编萧金鉴、甘肃读书种子黄岳年、十堰书人李传新等，纷纷淘到好书，令人艳羡。我因为忙于会议报到，招呼参会者，没能和众书友一同前往，看着书友们手中的好书，既羡慕又高兴——大草原也有好书啊。

我为何对呼和浩特文化商城里的旧书店熟悉呢？说来话长。

那还是在上世纪八十年代初，我读山西财院的函授大专班，函授点就设在呼和浩特内蒙古供销学校，每次函授，只要来授课的老师喜欢旅游，我几乎都要陪同他们游览呼和浩特的名胜古迹，如昭君墓，如五塔寺，如大召小召席力图召等等。虽然在我国有"地上文物看山西，地下文物看陕西"之说，由山西来的老师应该见多经广，但是一地毕竟有一地的特殊景点，他们还是喜欢看的。可惜当时总督衙门不开放，这个景点在三年的函授期间从未进去过。

陪老师是看名胜古迹，陪同学可就由不得他们了，我们每次授课一个月时间，他们要陪我逛书店，而且不是一次，每次授课期间都要逛多次，我也就享受这逛书店的乐趣，买书多了，还有帮手帮你提。最多的一次是在青山书店遇到大处理，也就是今天说的打折书，我一次就买了一百五十六本，捆了好几梱，如果是我一人上街逛，怎么拿回去，那还真得想想办法呢。

这些说的都是在新华书店的经历。那个时候旧书店不多，在今天的新华广场东北角，也就是昭君大酒店的位置，倒是有一家旧书店，我虽然从没有在这里买到过一本书，有件事却使我终生难忘。那就是在这里遇到了一部老版《鲁迅全集》（忘记是哪年的版本），开价一百五十元。我当时工资仅仅为四十三元，哪里买得起？我几次去看，鲁老爷子几次都是静静地躺在那里，似乎没人翻动过。怎么办？店员也许看出了我的心思，一次闲聊，他说，你如果有特别的好书，也可以拿过来，我们交换。经他这么一提醒，我倒是想起我那套一函四册线装本《刀笔菁华》。我试着问了问，我用线装本的《刀笔菁华》交换如何？店员说，你需要拿来看看。还没等我把书拿过去看看，再次来授课时，这栋平房不知何时拆掉了，问旁边的人旧书店哪里去了，答曰：不知道。

一九九六年的一天，我利用到呼和浩特开会的机会，前去《五月风》杂志编辑部拜访编辑郭东旸先生，郭先生说，我今天带你去个新的淘书地方，于是，他带我来到了内蒙古大学南门对面的文化商城。我对郭先生说，这里我来过，只是次数不多，不很熟。郭先生说，文化商城有好几家书店，有卖新书的，就卖旧书的，我们今天去的这家规模最大，书也全，值得看。

看来郭先生对这里是熟门熟路，三拐两拐就来到一家名为文苑的旧书店。这家书店我也曾经来过，每次都是在一楼看看，这次得郭先生引导，我第一次有机会来到二楼，并认识了老板段存瑞先生。当时只以为段先生是位既成功又有眼力的书商，十年后看到巴特尔先生的《人生有味是书香——青城藏书人掠影》，方了解，这位憨憨厚厚的书商，其实是位藏书家，曾经荣获内蒙古首届"十大藏书家"的殊荣。

文苑旧书店的一楼，基本都是文革及其之后的新文学书籍，从文革期间的出版物，到近几年的，以文史哲为主，也有不少方志史料，民族史料；二楼却是别有洞天，靠墙四周是顶天立地的书架，屋子中间也有两排书架，上世纪五六十年代的版本，乃至民国的版本，甚至线装书，挤满了每一个书架，书架放不下，就堆在地上，码在桌子上。甚至上二楼的楼梯，一侧也垛满了各类图书，这里真是一个旧书的世界。真如郭先生所说，品种真是不少。

我不懂线装书，只看现代文学，在郭先生的指点下，选了十几本，又得段老板照顾，给了个低价。

这次来，在二楼盘桓的时间长了些，然后下到一楼，淘到了我心念已久的吴泰昌《艺文轶话》初版本，后来我曾在《我收藏的书话》系列里作过介绍。

在文苑旧书店淘书的经历还有一次颇可一说。那是二〇〇九年元旦，我赴呼和浩特参加书友小孩的婚礼，喝完喜酒之后我疾奔文化商城，直奔文苑旧书店，新年第一天，真是好彩头，我收获了几部喜爱的书。且看书目：中华民国八十一年九月一日出版《中外文学——第一届中国文学翻译国际研讨会论文专辑》；内蒙古人民出版社一九六〇年版《青年诗歌创作选》；内蒙古人民出版社一九八一年六月版《鄂伦春自治旗概况》；内蒙古人民出版社一九八五年七月版《大青山抗日斗争史》；

内蒙古人民出版社一九八六年十月版《绥远"九一九"和平起义档案史料选编》；广东人民出版社一九八五年八月版《香港掌故》（二集）；一九九一年十二月版《书林荟萃——第一、二届全国书展集刊》；内蒙古大学出版社一九九七年七月版《三十年代塞北文学》。从这些书目，我们不难看出它们的价值，而且老板仅仅以均价一本十元给了我。所以，每每有书友向我打听呼和浩特的旧书店，我都要向他们推荐这家文苑旧书店。

　　除过这家文苑旧书店外，在文化商城外围还有一家叫朝阳的底店也值得一看。这家底店从外观看很不起眼，进到店内却是另一番景象，虽然狭窄了些，但老板很会利用空间，把琳琅满目新旧不一的书陈列得分门别类，井井有序，仔细寻觅，还是大有收获的。仅以二〇〇六年八月十七日这天为例，我就在这里淘到了一九七九年等四个年度的《内蒙古史学论文集》，另外还淘得了两本老版书，一本人民文学出版社编辑部编，一九五七年版的《秧歌剧选集》，要价三十元；一本上海中华书局印行，民国二十四年五月印刷的《分省地志·山东》要价一百元。我是山东人，见到关于家乡的老资料，别提有多高兴了。可惜由于周边拆迁，这家底店今天已经不存在了。

　　需要提醒书友的是，在呼和浩特文化商城里，不仅要看旧书店，喜欢民族文化的书友，可以到二流看看专卖蒙古族文化的蒙古族文化书店，我在这里淘到不少新老版本的蒙古族史料。

　　　　　　　二〇一三年七月记于暖石斋

——孔子故里购书记之一

二〇一七年四月二十二日上午，在洙泗书院祭拜孔子后，我们转往复圣府（即颜府）参观。

复圣府是复圣公颜回嫡裔、世袭翰林院五经博士居住和办公的地方。始建于明朝天顺年间，经历代扩修为五进院落，文革期间被破坏殆尽，目前的颜府是近几年按原样复原的。我们来到时，曲阜孔子文化学院院长、颜子第七十八代嫡孙 颜廷淦先生已在大门处等候，并为我们逐个院落进行讲解。

在大堂，几十幅《颜子复圣图赞》深深地吸引了我。颜廷淦先生介绍说，这是根据明万历年间的木刻版复制的，原版至今还在。我急忙用相机拍了几幅留念。我想，如果能有《颜子复圣图赞》画册该多好啊。就在这时，我发现这里居然有一间屋子，里面陈列着大量的图书，可是门是锁着的。我问服务员可否进去看看，服务员说，按理说是不可以的，这个不对外，今天你们是特殊客人，我打开你一个人进去看看。就在我进去还没有详细观看时，主事人对这位服务员说，门怎么开了？我怕服务员受到责备，就赶紧出来了。在这里，我没有来得及看看是否有《颜子复圣图赞》。

从复圣府出来，参观颜庙，就在颜庙大殿的入口处，我的眼睛猛然一亮，原来这里就有《颜子复圣图赞》画册！

该书为规格为八开，前四十七页为明万历镌《复圣图赞》木版图，四十八页至八十九页为金丝楠木雕《复圣图赞》，九十页至一百二十页为复圣颜子的介绍和颜子集语，这真是一部图文并茂的复圣颜子资料大全。我急忙请服务员拿一本。服务员拿出一摞由我挑选。

我见旁边还有一部精装本的《山东省志·孔子故里志》，也请服务员拿一本。这位和蔼可亲的服务员同样拿出好几部，由我选了一部。

付完款，我急忙去追已经走远的队伍。

下午，我们转而参观孔庙。

同样在孔庙大殿的入口处，我意外地又见到了明代版的《孔子生平事迹图》和明版彩绘《圣迹之图》，我毫不犹豫的请了回来。

付完款，照样急急忙忙去追赶已经走远的队伍。

曲阜宾馆购书记

——孔子故里购书记之二

在曲阜的第二晚，为了次日参观方便，东道主安排我们转到了古色古香的阙里宾舍。这可以说是曲阜的头牌宾馆，从外观看处处显现出文化色彩，墙上挂的曾经在这里下榻的历届国家领导人照片，更显示出它与众不同的身份。

在大厅一侧，有一个传统面塑专柜，陈列着各色各样精美绝伦的面塑。在等候房卡的时间，我和几位同事边欣赏边赞赏。这时，柜台里一位中年人说，这些面塑都是他的作品，而且是他的家传。这更令我们赞叹不已。

这晚我是单住。

一进房间，我就被几案上摆着的一排图书所吸引。我随手把行李往边上一放，拉过椅子坐下就浏览起来——有曲阜旅游读物，有曲阜名产读物，有曲阜美食读物，有曲阜文化读物……我更感兴趣的是一册精装本《孔门弟子画传》，翻了几页就转到床上，斜靠在床头看了起来。

春秋时期，伟大的思想家、教育家孔子打破"学在官府"的传统，开办私学、因材施教、因人施教，成功地教育出一大批弟子，号称弟子三千，贤者七十二人，从而形成了源远流长的儒家学派，对中华文化的形成和发展起到了重要的作用。这本《孔门弟子画传》正是对孔子的七十二位弟子的介绍，而且一人一画。其中重点介绍了之路、闵子骞、颜回、子贡、子夏、子游、曾参等三十四位最有成就的弟子，分别从生平、故事、遗存和《论语》中与其有关的章句四个方面，全面展示了这些弟子的修养和成就，以及在传承孔子思想方面发挥的历史作用。比如被后世尊称为"复圣"的颜回，先介绍其生平，又讲了他三个故事，继而介绍了三个遗存：曲阜颜庙、曲阜颜林、曲阜陋巷街；最后选了《论语》中三段关于颜回的章句。

这样一本书，对我阅读《论语》，了解孔子的弟子真是太有帮助了。可是到哪里去买呢？现在已是午夜时分，这个时候书店不可能还在营业，而且翌日上午完成小半天的参观后，中午就要离开曲阜，也不可能再有时间外出寻找它了，怎么办？思来想去，只有寻求宾馆的帮助了。于是，我拨通了总台的电话，向服务员讲了我的想法和请他们帮助的请求，令我没有想到的是，服务员说，您明天早上离店结账时，把书带到总台一并付款就可以了。那就是说，我只要按价付款，这本书就归我了！

这真是，苦思冥想费精力，得来全不费功夫。

曲阜，我感谢你！

二〇一七年四月二十三日，由曲阜转北京赴呼伦贝尔莫力达瓦达斡尔自治旗、鄂伦春自治旗，二十六日返包，二十七日子夜记于暖石斋。昨日网络即不通，今天仍不通，电话咨询，答曰修复需要四十八小时。

赴港日记 (节选)

小　引

2012 年 6 月 26 日至 7 月 2 日，有幸随包商银行艺术团赴港参加香港回归祖国十五周年庆典演出，所闻所见，无不新鲜，无不感慨，颇值深思，因而逐日记载，留以永志。

"没见过你们这样过关的"

6 月 26 日　周二　包头—鄂尔多斯—深圳至香港　晴

从鄂尔多斯机场 11:25 起飞，抵达深圳机场为午后 14:37。林俊让我拿郭文的卡到深圳分行兑换港币，返到深圳湾口岸已经六点。马珂部长已经在这里等候我们，由包头和鄂尔多斯带来的十几件道具也被林俊他们运到了口岸入口处。

到了这里大家才都愣住了——这么多道具，怎么过关？接我们的司机说，你们事先没有安排，我的车不允许拉，只能空车到香港那边等你们。一问海关人员，还没有拉运工具，不象机场有行李车，这里什么都没有！怎么办？手搬肩扛呗！还能有啥法？

好家伙，这十几件道具，微型蒙古包、马头琴手坐台等都是铁制的，包装笨重且无抓手，《我们 2011》摄影集虽然包装不大，但那铜版纸却是死沉死沉的。马珂、林俊、郭文、范基平加我，老少五条汉子，就只能拿出男子汉的气概，搬吧，扛吧。

这海关，没有行李是多么的好过啊，证件一递，小戳一盖，走人。前年去维也纳金色大厅演出，过了几道海关，都是这么过的，多痛快。可这次不一样了，这么多道具，嗨，第一次赴港，就遇到了这样的情形。

再看这海关，通道有几百米，如果没有多少行李，带个包，拉个箱子，都不会有什么感觉，可我们却是麻包、纸箱道具一大堆，每人要往返多次，才能搬完。

我们先是把这十几件道具搬到出关处，人人已是大汗淋漓，气喘吁吁了。马部和海关工作人员商量，可以把道具集中到出口，然后排队验证过关，再返回搬运。出了大陆关，还要入香港关，由深圳湾海关到香港海关这段距离也有上百米，几人再连搬带扛，刚刚消退的汗水又汹涌而出，我带的毛巾已经可以拧出水来了。

港方海关人员虽然很是热情，但也帮不上什么忙，我们还得连搬带扛。一位年长的女工作人员用香港普通话对我们说："我干了半辈子，没见过你们这样过关的！"

过了香港海关，大家累得已经搬不动也扛不动了，干脆弯下腰，用手推吧。就这样，也就几百米的通道，我们从六点开始过，七点半出关，整整过了一个半小时。应该说，是搬运了一个半小时。

人人都在排队

6月26日 周二 晚 香港 晴

到了下榻的酒店——都会海逸酒店。好气派。

在等候同事办理入住手续时，我发现离总台两米处有三四个人在排队，前后左右什么都没有，空空如也，他们排什么呢？好生奇怪！我问身边的酒店服务生，答曰：他们在等候兑换港币。我再细看，果然，总台处有服务生在为客人兑换钱币。就这三四个人，没有象内地那样围拢到柜台前，而是在两米开外的地方排队等候。

6 月 27 日 周三 晨 香港 晴

早上起来，先到大门外看看周边景致。

出门第一眼，又看到三四人在酒店大门口排队。他们又是排什么呢？周边也是空空如也。再细看，原来那里立着一块"的士"牌子，噢，他们在等的士。

我感叹，我沉思。想想内地，想想包头。我每次在单位对面劳动公园路边等出租，不管你来多久，只要再来个人，不分老少，来了出租就抢。有几次还是身穿自己单位工装的年轻人，你眼看着他们从单位大门出来，有的还在餐厅照过多次面，来到你的跟前，不是等候在你之后，而是来了车就抢先上去。这就是我们的素质。差距在哪里？原因在哪里？公民教育，公德教育，素质教育啊。我们缺失的，在这里却是正常的，普遍的。

我们该做些什么呢？

香港人的认真

6 月 29 日 周五 香港 晴

早上七点出发，赴港岛伊莉莎伯体育馆布置晚上的活动场地。在穿越过海隧道时，导游介绍说，这是悬浮式隧道，而不是海底隧道。因为这里海湾太深，只能采取悬浮式。噢，还有悬浮式隧道！不到香港，我还真的不知道这世界上还有这样的隧道。人类真是太伟大了。

港方派来一位非常年轻的美眉协助我们布置。当她知道我们带来了摄影集准备分发时，说，这是不可以的。我们问为何，答曰，那样有送礼的嫌疑，要不你就人人有份，每位观众都发一份，如果仅发给部分人，那是不可以的。我们解释，就带了这几箱，不可能人人有份；我们不收费，也不管是谁，谁都可以拿，拿完为止。那也是不可以的，除非你人人有份。

结果，我们费了九牛二虎之力连搬带扛带来的多箱影集，只好留给主办方另行发送了。

在布置微型蒙古包和马头琴手坐台时，这位美眉没有答应我们选的位置，说那里影响通道，影响通道就影响安全，是不可以的。我们说，就差一点点嘛！一点点也不行，这是规定，必须遵守。好认真！

细想想，我们看似的认真，在香港朋友眼里，却很平常。

一位伟人说过，世界上怕就怕认真二字。我想，香港的发展，香港的繁荣，这认真是不是也在起作用呢？回答应该是肯定的。而且这位美眉认真的前提是：这是规定，必须遵守。

"这是规定，必须遵守。"内地缺的，是不是这个？

孩子是这样炼成的

7月1日 周日 香港 晴

早七点十分，由酒店出发赴大球场参加香港各界"新起点，向前看"为主题的庆回归十五周年大汇演。

二十九日和三十日晚的两场演出，都是包商艺术团的专场，今天是和香港各界共同庆典，包商艺术团有六个节目参加汇演。今天的演出还有成龙这样的影视界大腕，还有张明敏这样大陆和香港都喜爱的演员，还有容祖儿这样的甜妹儿歌手。

包商艺术团是在10号化妆室化妆候场。10号门外一侧，香港湛江社团总会的一个演出队在做准备，我左看右看，看不明白这是什么演出形式，于是上前打问。答曰："piaose"。这粤港普通话还真是难懂。我再次询问："您刚才说的我没有听懂，请再解释一下。""飘色！"噢，"飘色"，什么是飘色？这时，他们的道具基本搭好了，我突然明白：这不就是包头的脑阁吗！原来他们这里叫"飘色"！是啊，小演员们五颜六色高高地在上面表演，微风一吹，彩服飘带随风飘扬，不就是"飘色"吗？这样的称谓，比我们包头的"脑阁"浪漫多了。

这时，我再细看那些小演员，年龄小的也就是八九岁、大点的也不过十二三岁。这些孩子在化完妆后，时而嬉戏打闹，时而聚在一起看手中的照片，我过去观看，原来是飘色剧照。他们是在欣赏自己吗？还是在观看他人的剧照学习？我没有问，赶紧举起相机抓下了这可爱的画面。

我再问那些准备道具的人："你们是这些小演员的家长吗？""不是，我们是工作人员，也算演员吧。"

令我感叹的不是他们的年龄，而是这之后的情形。

他们九点入场，在露天大球场一等就是将近三个小时，快到十二时才轮到他们表演。在这近三个小时里，孩子们高高地被绑在道具上，就在热辣辣的太阳底下暴晒！下面为配合他们表演的大人们累了还可以在地上坐一下，可他们，只能在道具上或坐或立，没有挪动的余地；他们虽然各自举一把小伞，但是周围的空气都是热的啊！

没有家长陪护，没有家长代为打伞，没有家长递上一瓶水，孩子们自己在等候那展示风采的时刻。

我想，孩子就应该是这样炼成的！

欢呼三军仪仗队

7月1日 周日 香港 晴

我没有看过天安门广场升旗仪式，领略升旗仪仗队的风采。只是早年有一次在天安门广场远远看过不知是哪位国家领导人迎接外宾的场面里有三军仪仗队，但是太远了，根本看不清。

在今天的大球场庆典汇演现场，当主持人宣布驻港部队三军仪仗队入场时，容纳四万人的大球场欢声雷动，国旗、紫金花旗交相挥舞，大球场成了一片欢呼的海洋！

当三军仪仗队从三号门一入场，观众席上，照相机、录像机、手机，全部对向了仪仗队。我从没有见过这样的欢呼场面，没有经历过这样激动人心的时刻。

在这一刻，我感到了祖国的庄严，感到了香港人对祖国的感情！

太棒啦，很有特色！

7月1日 周日 香港 晴

在29日和30日的演出现场，我只看到观众的热情，没有来得及采访观众，今天，散场后我们和观众一起撤场，就抓紧时机采访了三位香港朋友。

我首先询问了同行的两位老者："老人家，刚才的节目怎么样？"他们操浓厚的港音回答："很好的。"我又问："内蒙古来的节目怎么样？""太棒噢！多少年没有看过喽！"

我稍微放慢脚步，上来两位带小孩的青年夫妇，我问男士："朋友，对刚才演出中内蒙古的节目如何评价？""太好啦，很有特色啊！就是节目少了点。""那前天和昨晚他们的专场你看了没有？""没有啊，没有搞到票啊！"从这位朋友的语气里，我感到了他的遗憾。

匆匆过来一群好似中学生的朋友，我问走在我一侧的女生："同学，刚才内蒙古包商银行艺术团的节目怎么样啊？""太棒啦，很有特色。""喜欢吗？""喜欢。""平时能看到吗？""平时看不到的，所以要赶到这里看。"学生匆匆作答，匆匆前行。

我没有再问，是啊，来自大草原的包商艺术团，带来的不仅仅是几个节目，他们带来的是草原的风，草原的情，草原的博大，草原的爱！

香港的书店——商务印书馆

6月27日 周三 香港 晴 晴天漏小阵雨

早点后，随同马珂部长到香格里拉大酒店会见演出活动港方筹备人员，商量演出前展示会场的布置事宜，直到近十二点方才结束。马部还要继续与另外一拨人员商谈，我和林俊商定不吃午饭了，利用午间这点时间奔西洋菜街书店，去寻觅精神食粮。

来港之前没有来得及查阅香港书店的信息，通过手机QQ向华东师大博导陈子善老师、西安藏书家吕浩先生、十堰藏书家李传新先生、深圳书友邯郸先生求教，请他们发我香港书店地址，几位师友不负我望，在很短的时间里就回复了地址。

正行进间，突然，商务印书馆的招牌映入眼帘，赶紧进去看看。"师傅，都是商务的书吗？"我问工作人员。"不是，哪里的都有。"看了一下一楼，主要是教科书和社科之类，上楼，呵，真是"哪里的都有"啊。

上世纪八十年代末，风行内地的《读书》杂志发了柳苏先生一篇文章《你一定要看董桥》，后来这篇文章的题目就成了读书界的一句名言，按沈昌文先生的说法，是知识界的一句名言。正是由于这篇文章，内地知识界风行开读董桥，一时间，大有开口不谈董桥，终读诗书也白搭之势。而且读董之风愈来愈盛，在一些书痴眼里，近几年更是愈刮愈烈。就在年初，内地海豚社还推出了一本由胡洪侠编辑的《董桥七十》，不仅有普及本，更有价高五百元的牛皮封面典藏本。你看邪乎不邪乎？

上世纪九十年代初，我从上海凤鸣书店邮购到第一本三联版的董桥作品集《这一代的事》，马上就成为董迷，之后购藏了我所能见到的任何一部董桥作品，但是香港牛津版的，却仅有一部不知名书友寄赠的《清白家风》，来到香港，岂能不看看董著？

我问："有董桥的书吗？""那里。"工作人员指了一下西边的书架，过去一看，好家伙嘞，还真不少。有十几部之多，而且全部是牛津版的，我摩挲来摩挲去，看了这本看那本，本本都想买，数了数，十七部，干脆，全部买下！

我又问："有小思的书吗？""也在那排架上。"

呵，光顾了看董桥，小思就在旁边竟然没有发现。于是选啊选，找啊找，就找到三本。工作人员帮我再找，说："可能就这几本了。"小思的也全部买下。

在这里我发现了内地版《往事如烟》的全本《最后的贵族》，虽然价格昂贵，也还是买下了，这书不可不看，要看就看全本。

之后我又选了几本，总数达到了二十八本，皮箱要满了，不能再买了。那个敏感书架，我也浏览了好大一会儿，有几本确实想买，但还是放下了，比如我想看的有《邱会作回忆录》《吴法宪回忆录》等。我想，他们的书，内地早晚会开禁的，到那时再看吧。

在这里还见到了深圳书友邯郸兄曾经向我推荐的十卷本高伯雨的《听雨楼随笔》，翻了翻，值得购读，但看了看已经选下的近三十本，估计拿不了了，就放下了。恋恋不舍啊！

和工作人员商量，书先存在这里，我们出去再看其他书店，回来再付款取书。开始不同意，看我们确实想买的样子，同意了。

香港的书店——田园书店和梅馨书舍

出得门来，继续寻找田园书店，正走着，林俊看到了招牌，西洋菜街五十六号，二楼。这里基本是新书，和我想象的不一样。我仅选了一本唐德刚的《书缘与人缘》。唐德刚同名的书我有一本辽宁教育出版社的小薄册，记得好像就一百大几十页，而这本厚达三百六十多页，必须买。付款时，见柜台上有书签，问："卖吗？"答曰："随便拿。"我于是按图案不同各选了一两张，带回留个纪念。

书友们推荐的梅馨书舍是要去的，但是在哪里呢？在西洋菜街反复走了两个来回，终于在一个不起眼的门脸旁看到了她的招牌，好家伙，七楼。上得楼来，真是别有洞天，全是旧书，甚合我意。在这里，我选了两部画册：《名画会说话——悠游西方的历史、宗教与神话》和《艺术里的人体之美》。问老板，姓郑。征得老板的同意，我在这里拍了几张照片留作资料，又请林俊为我和郑先生拍了合影。我遗憾的是早上出门时没有想到能逛书店，所以没带《包商时报》。我向郑先生介绍了《包商时报》的读书版，说回到内地后给他寄来，请他分发给几位知名的藏书家和作家，郑先生很痛快地答应了。

告别郑先生，我和林俊说，得买一个小车了，否则书怎么往回拿。于是，在路边货摊讨价还价花一百五十港币买了一个两轮行李车，返回商务付款取书。工作人员为我们找来两个纸箱，我和林俊一人一个，装了两箱子，行李车派上了用场。付款时林俊说，刷卡吧。我问，可以吗，说可以。就刷卡，短信通知折合人民币 2050.22 元。

香港的书店——神州古旧书店

6月28日 五 香港 晴

中午刚由彩排现场返回酒店，连房间还没来得及回，马部即派我带双鹰和小杨穿上民族服装赶往香格里拉大酒店，参加董事长下午的记者会。到了香格里拉，方知记者会在香港工会联合会办公处举行，我三人遂与人力部王部长等一行转往工会联合会办公处。董事长接受的是香港及驻港各大媒体记者的采访。采访从三时开始，四时许结束。媒体记者提问的详细敏锐，董事长回答的沉稳机智，给人留下了极深刻的印象。

看看表，还有一小时可供利用，不可浪费，我决定抓紧这点时间去造访神州旧书店。我向工会工作人员详细询问了去柴湾的路线，在楼下乘地铁到终点站下车，问路边一位行人，就在前边不远，步行大约百米。到了路人说的路口，怎么全是工业大厦，看看路标，没错啊，按门牌号码上楼吧，管它呢，错了再说。

23 层。出电梯，"神州旧书文玩有限公司"就在眼前。

哈，这是我到过的世界最高的书店！

二〇〇五年在北京首次参加全国民间读书报刊研讨会，曾经造访过当时的布衣书局，高达 17 层，当时是我到过的最高的书店，现在这个记录被神州打破了。我不知道世界上会不会还有比这更高的书店了，如果有的话，恐怕要开在电视塔上了。

神州书店虽然是第一次造访，但却不陌生，早已从陈子善等师友的文章里见过了——进门就是领袖像，还有文革的资料等，今天才见到实物了。不过，我更感兴趣的，是神州书店老板和香港文化名人的合影，还有小思在二手书店淘书的剪报，让我第一次见到了仰慕的几位作家。

我问年长者："哪位是欧阳先生？"长者回答："我就是。"我说："久仰久仰！我从内地来，是上海陈子善老师介绍我过来的。""哦，子善啊，他来香港就过来的。"我问："请问有黄俊东先生的书话吗？""没有。他的书不好找喽。""那小思的有吗？""小思的也没有。""我想看看书话类图书。""就在进门那个书架。"我返回身，呵，整整一书架，全是与书有关的书。呵，姜德明先生的《文苑漫拾》，不可不买；

许定铭先生的《醉书札记》，也必须买。许定铭先生的书我在深圳书友邯郸先生的帮助下已经收了六部：《书人书事》《醉书室谈书论人》《醉书随笔》《爱书人手记》《爬格子年代杂碎》《港内浮标》，买下这部，许先生关于书的书，可能就缺《醉书闲话》一部了。这部《醉书札记》是台湾秀威2011年6月出版的，秀威总经理蔡登山先生曾应我之约赐稿，也算是《包商时报》的作者，他出版了许多大陆作者的文化论著，为两岸文化交流做出了很大的贡献。在这里能见到秀威的书，而且是我喜欢的香港作家写的书话，怎能不高兴呢？我反复浏览了这个书话专柜，选了十部。

我向欧阳先生问起许定铭先生，欧阳先生说："我可以约他与你见面。"我说："我们一号上午演出，下午有时间。""噢，那不行的，一号是假日，要不二号？""二号我们就返内地了，遗憾。""那就以后找机会吧。我和他们很熟，你以后来我可以随时联系。"我又问起董桥先生，欧阳先生说早先他在街里开店的时候，董桥先生常来，现在搬到这里，路远了，加上董桥先生年纪也大了，就不怎么来了。

我问欧阳先生："您有没有《开卷》？"先生说："前些时候还有一套，卖出去了，我找另外一种你看看。"欧阳先生进了另一间说是库房的屋子，一会儿抱着一摞杂志出来，是1984第一卷第二至六期的《读者良友》，先生说："缺第一期创刊号，我留意为你配。"

我还想再看看其他的书，欧阳先生说："实在对不起，已经到了下班的时间。"我征得先生同意，拍了几张照片，又和先生合影留念。为我们拍照的是款台年轻的女士，他说是儿媳，先生指着不远处的男士说："那是儿子，自己年纪大了，请儿子儿媳一起干。"我又向欧阳先生介绍《包商时报》，说回内地后寄一些请他转交香港藏书家和作家，欧阳先生很高兴地答应了。

先生儿媳为我包好书，付完款，先生陪我一起下楼。欧阳先生说，他回家和我顺路，一便领我去看一处老房子。

下楼时，我请教先生为何在这样一处工业区办书店，而不是在西洋菜街那样的繁华地带。先生说这套房子是他的产权，就省得到街面租房子了。我又问，这样的地段会有人来吗？先生说，你不是来了吗？来我这里的大多是回头客，还有一些慕名而来的书友，生意还行。

先生领我穿过一处楼群，走不远是一套小院。先生向我介绍说，这是柴湾最早的民居，现在已经辟做民俗博物馆了。

第二辑

吃情岁月

　　乡下的一些习俗和乡约，有的真不错，有的就不知该怎么评说了。就比如我小时候在乡下的"吹灯吃毛桃"一说。

　　小的时候，村里家家户户院子里大多是种各种蔬菜，一是可以供自家食用，二是可以拿到集市上卖几个咸盐钱。而我家的院子里，却是种了许多果树，母亲说，菜园种的够吃了，用不着再在院子里种了，倒不如多种几棵果树，也省下为你们姐弟花钱去买了。满院子的果树，母亲却从未摘来到集市上卖，都是摘下来送了邻里乡亲，特别是那些平时帮我家担水浇地抗旱的乡亲。

　　院里的果树细数起来靠西墙由南往北是樱桃、石榴、杏子；靠东墙由北往南是毛桃、无花果、梨、黑枣；东南角靠南房是柿子，院中间还有一棵桃子，一棵苹果。后院是一架葡萄。

　　别看这么多果树，其实大多数结不了几个果子，能每年硕果累累的有三种，那就是樱桃、石榴和柿子，而且我家的柿子是村子里独特的一种，好像附近三村五疃都没有这样的品种，我们叫它十样景，就是这棵柿子树结的果实不是一个形状，而是奇形怪状，有的就像普通的柿子，却很少，大多的像桃子，带个歪歪嘴；有的像鸭梨，一头大；更多的是双桃形连体在一起，或者干脆三个桃子连体长在一起，非常有趣。这棵柿子树打我记事起，每年都是结满满一树柿子，你看吧，到了初冬，柿子树上的叶子全部掉光了，红黄红黄的柿子挂满枝头，形状又是奇形怪状，煞是好看。到了该摘的时候，妈妈就爬到梯子上去摘，后来我大了一点的时候，就由我来摘。然后按妈妈的吩咐，东家一小篓，西家一小篓开始满村子去送。就是家里有柿子树的邻居，妈妈也要让我送几个过去，这几个选的就是两三个桃形连体的柿子。

好像是命里有某种缘分，就在我们全家要离开家乡迁往内蒙古的那年，开春好长一段时间了，柿子树还没有吐芽长叶，妈妈说，它老了。就这样，事先一点征兆也没有，上一年还是果实累累，第二年就这么默默地死去了，我们全家很是痛苦了一阵子。

我家的樱桃不是今天我们在市面上常见的大樱桃，是传统的品种小樱桃，颗粒很小，却非常甜。那棵石榴是开嘴石榴，春天，满树石榴花鲜红鲜红的，和翠绿的叶片交织在一起，真是一幅美丽的图画。到了成熟季节，你看吧，满树的石榴果各各裂开大嘴，露出或鲜红、或粉红、或红白相间的石榴籽，逗引的你不馋也馋了。

最可气的是我家的桃树，它不像后胡同里王大爷家的，人家是六月仙，大仙桃，个头大，味道鲜甜，一到麦收的时候，你看吧，满满一树仙桃白里透红，肥肥大大，那个细嫩的皮，好像一口气就能吹破似的，那个馋人劲啊！我曾经和小伙伴们琢磨了好多次，想去偷几个解解馋，却从未成功。因为这棵桃树种在他们家的后菜园，菜园虽然没有砌墙，是篱笆墙，但正对着他们家的后窗户，每到夏季，他们的后窗户是常开而不关的，王大娘每天的事就是坐在菜园桃树下，或者在后窗户底下纳鞋底，我们就没有机会。据说，有人进去偷过几个出来，我没见到吹牛的人拿出实物，就从未相信过。

而我家这棵当年也不知怎么种的，竟然是一棵毛桃。我们那里的毛桃个小毛多，不是纯甜，是酸甜。我虽然喜欢吃酸的，有点甜味更好，但是这种毛桃必须洗，不是摘下来就能吃的。这棵毛桃树很怪，它结的桃子不大，却非常爱出桃油，树干上、细枝上，到处是桃油，你去摘的时候，不小心就蹭到手上胳膊上。更令人哭笑不得的是，它还有一个特点，就是虫子多，不能说个个都有，十个里边总有三两个有虫子的。

有虫子怎么办？老家的一个习俗可救——"吹灯吃桃"。也不知是什么年代遗留下来的习俗，我们小孩子从记事起就知道，吃桃子要在晚上，而且是黑灯瞎火地吃，小时候不知为什么，长大点了，才知道，就是不让你看到桃子里边的虫子。大人说，桃肉好吃不？好吃。虫吃了桃肉，他肚子里全是桃肉，我们把虫子吃到肚子里，也就是吃了桃肉。呵呵，今天想起来好笑，那个时候却从未怀疑，从未打过戈槛。

特别是我家的毛桃，更需要黑灯吃。

今天在市场买菜，有人喜欢买带虫眼的白菜，说是这样的白菜是没有打过农药的，推想今天的水果没有虫子眼，那应该是打过农药的。我小时候在家里吃水果蔬菜，虫子虽不是多么地多，但保证多多少少都有虫子眼。

有虫？绿色啊！

二〇一八年一月二十三日，记于暖石斋。

酸甜爽口破蔓头

经常可品尝酸甜可口、营养丰富的草莓，是近十几年的事，早年的包头城里，是见不到这可爱的小玩意儿的，据说，本地农村也没有。可在我的家乡胶东，却是经常可以吃到的。

小的时候在乡下，不知道"草莓"这个叫法，我们管它叫"破蔓头"。那时候，这可爱的破蔓头也不像今天这么金贵，许多人家就在院子里的角角落落，或者顺着墙根，种那么一溜。我家有前后院，前院西墙根就种了一溜。我在《偷吃青杏》一文里曾经介绍过，靠西墙的果树由南往北有樱桃树、石榴树、杏子树，这些可爱的破蔓头就种在这几棵果树下面，享受着是绿荫婆娑的日头影子。亲妈（干娘）家东菜园是种在北墙根，而且种得更多，不是一溜，而是一排了。每到春夏，你看吧，那绿莹莹的破蔓头渐渐变白，变粉，变红，变红的时候，是它最甜的时候，我们就可以摘来吃了。也许是从不给它们上肥料的缘故，也许是很少给它们浇水的缘故，反正在我的记忆里，它们结的果实很少，每棵也就结三两个。今天想来，不施肥，少浇水是个原因，更大的原因恐怕还是品种的问题。破蔓头是宿根植物，大人们从不去管它，全凭它们自然生长，时间长了，势必要影响它们的品质。但就是这样，它们也给我的儿时带来无限的欢乐。

今天想想好奇怪，那时候，家家户户都没有几个零花钱，可村子里从没见过哪家摘下来到集上卖，都是留给自己的孩子吃。

来到城里以后，就再也没见过这可爱的小东西了。

读高中的时候，有一年暑假回烟台老家看望几位姨姨和姨夫们，在四姨家院子的东墙根，见到了翠绿茂盛的破蔓头，虽然已过了盛果期，但还有不少粉红粉红的果子，那才叫个水灵！临回城时，我和四姨说，要带几棵回城里种在花盆里。回来后，没有合适的花盆，我就找来一个漏底的旧脸盆，又在路边树坑里挖来土，就这么种下了。过了几天，破蔓头秧子缓过来了，可是就是不旺盛，我想，这是没有往土里施肥的原因。怎么办？哪里找肥料去呢？想了想，还是有办法的，我把家里不多的一点黄豆挖出一小碗，放在锅里蒸，然后又加水泡，估计可以了，就全部浇到了破蔓头脸盆里。我为自己的好办法高兴了一晚上，做梦都梦见那果实累累的美景。可第二天早上醒来一看，好嘛，秧子全蔫了。我问母亲怎么回事，母亲说，黄豆水劲太大了，烧死了。

嗨，那个伤心劲，就别提了。

改年我回家和四姨说起这事，四姨笑话我说，你还是农村长大的，就不知道不管什么肥，都要熟透了才行吗？你刚刚蒸的黄豆水，怎么能浇呢？如果在盆里放几天，让黄豆水发酵几天，然后少浇点，就不会死了。

这件事让我明白了，无论做什么，盲目去做是绝对不行的。

据《果蔬本草与食疗》一书介绍，草莓性凉，味甘，酸；入脾、胃、肺经。其功效为润肺生津，健脾和胃，补气益血，凉血解毒。其营养成分有蛋白质、粗纤维、钙、磷、铁、抗坏血酸，以及多种氨基酸。其中维生素 C 的含量最为丰富，是西瓜、苹果、葡萄的十倍左右。

其食疗作用主要有：一，调和脾胃，如果饭前食用，可刺激胃液的大量分泌，帮助消化，适用于食欲不振，餐后腹胀等病症。二，滋阴养血，草莓含有多种糖类、柠檬酸、苹果酸、氨基酸，且糖类、有机酸、矿物质比例适当，易被人体吸收而达到补充血容量，维持体液平衡的作用。三，疗疮排脓，草莓含有多种有机酸、维生素及矿物质，外敷疮疖患处，可取得凉血解毒，排脓生肌之功。四，增强体质，草莓含有丰富的营养物质和微量元素，有助于增强机体的免疫力，提高身体素质。五，防癌抗癌，草莓中所含的鞣花酸能保护人体组织不受致癌物质的伤害，且有一定的抑制恶性肿瘤细胞生长的作用。据网络介绍，近来医学家发现，经常食用草莓对防治动脉硬化和冠心病也有益处。女性常吃草莓，对皮肤、头发均有保健作用。

现在许多瓜果都是人工种植的，而且很少天然生长的，草莓更是如此，因而在买草莓时就不能买畸形草莓。正常生长的草莓外观呈心形，颜色一般有红有白，并非整个果实都是鲜红鲜红的，但有些草莓色鲜个大，颗粒上有畸形凸起，咬开后中间有空心。据媒体介绍，这种畸形莓往往是在种植过程中滥用激素造成的，长期大量食用这样的果实，有可能损害人体健康。特别是孕妇和儿童，不能食用畸形草莓。另外，由于草莓是低矮的草茎植物，在生长过程中容易受到泥土和细菌的污染，食用前一定要清洗干净。

二〇一八年一月二十三日记于暖石斋。

可吃可赏的癞瓜

平时周六逛完东方明珠古玩市场，周日一般就不再去了，这次遇到《铁花》编辑丁鼎先生，告诉我《铁花》发了我那本小书《吃情岁月》的评论，今天杂志没带来，让我明天（周日）再来一次，他好带来送我。这是好事啊，自然要再去一趟。这就有了我周日在旧书摊的一个小收获。

我逛古玩市场基本不看古玩摊，只看旧书摊。今天是来取《铁花》杂志的，目的不在逛。既然来了，也就逛逛吧。就在一个不大的摊位，寥寥的几本书，扫一眼就知道没需要的，倒是两个文件夹引起了我的好奇，于是拿起来翻看。老画片，老年历片，还有剪报——过。继续翻，呵，国画小品！荣宝斋印制的，细看，好家伙：雪涛的果蔬草虫、留客菘鱼，曹克家的猫。问价，五元一幅，三幅十五元。没有还价，就拿了。晚上，在楼下的小杂货铺花高价（隔天在路北的杂货铺见到相同的仅为其半价）买了一个镜框，回来把那幅果蔬草虫装了框，摆在小柜上，还真有些味道。

白天没有细看曹克家先生的猫，灯下细看，倒引起我思绪万千，往事历历在目。原来，这是一幅瓜猫图，画家虽然没有这样题词，但是那占了大半幅画面的瓜藤与三颗垂着的瓜，特别是那颗最下面的，已经成熟，咧着嘴，露出鲜红的瓜肉，令人垂涎欲滴！再仔细看，这不就是我小时候种过的癞瓜吗？

已经不记得从几岁开始种癞瓜了，反正是年年都在院子里种几棵，成熟以后，里边的瓜肉非常甜，是难得的美味。种癞瓜有一个好处，就是它的成熟期不是集中的，它是边长边成熟，有点象黄瓜那样，可以陆续不断地成熟，我们就可以陆续不断地吃，到最后，还有几个成熟不了的，也就随瓜蔓扔掉了，如果是今天，就知道它是可以炒着吃的。

因为癞瓜的形状古怪，表皮长着一层疙瘩，很是好玩，我们也就边赏玩边吃，后来不知是谁发现，把小癞瓜装进瓶子里，把瓶子吊在瓜架上，让小癞瓜在瓶子里生长，待长大后摘下来，瓶子里灌满水，封口，它就能在瓶子里保持很久而不坏。如果是个异形瓶子，小癞瓜受到瓶子的局限，就按照瓶子的形状生长，扁的瓶子，它就长个扁的；方的瓶子，它就长成方形的，很是好看。再后来，就分开采摘，有的瓶子不等癞瓜成熟就摘下来，这就是个绿色的癞瓜；有的待癞瓜开始变黄时摘下来，就是个金黄色的癞瓜；有的等它成熟，但是还没有裂开时摘下来，就是非常艳丽的橘红色癞瓜。然后把这些瓶子吊在居室窗户的上方，或者挂在堂屋后窗户上方中间，就会为屋子平添几份美色。

进城以后，就和这既可赏玩又可食用的癞瓜分手了，它也渐渐地淡出了我的记忆。上世纪九十年前后，我回了一趟家乡，又见到了这可爱的癞瓜，因为不是成熟季节，也就无缘品尝它的美味。回到城里后，越想越思念，就写信请家里亲人把种子寄给我几颗，第二年，我就在新分配的楼房阳台上，利用装修后卸下的一个水槽，种下了这个我小时候的最爱。风调雨顺，人勤地肥，这花盆里的癞瓜居然藤繁叶茂，果实累累，引得邻里观看者不断，小儿的同学也时常光顾。是啊，城里人哪儿见过这个？

癞瓜开始逐渐成熟了，有人从绿色的时候就来看，看着开始变黄，就开口说，这个送我吧，好，拿去；另一位来，说，这个黄了，送我吧，好，拿去。我虽然很是大方，倒是留了一个大个的谁也不给，我告诉他们说，这是留种的。眼看几个癞瓜都成熟送人了，还有几个是不会成熟了，这留种的也裂开了嘴，露出里边鲜红的瓜肉。

一天下班，我和小儿到阳台去看，想摘下来留待明年再种。到了阳台，我傻眼了，早上还咧嘴笑的癞瓜，只剩下那橘红色的瓜皮，瓜肉呢？怎么一个肉也没了？我和儿子满地找，也没掉地下啊，飞了？

就是飞了。阳台没有封闭，经常有鸟儿来光顾，癞瓜肯定成了鸟儿的美味了。

已经多年了，再也没有见过癞瓜。看着曹克家先生这幅精美的癞瓜小猫，我和妻说，请老家人再寄几颗种子，我今年就种。

二〇一四年三月三十日，得曹克家先生癞瓜小猫图第二周夜，编一三三期《包商时报》毕，记于暖石斋南窗下。写毕看表，已经后夜二时一刻。赶紧睡，天亮还要到报社排版。

从没吃过瘾的山药豆

不久前，友人在饭店请饭，突然一道小吃攫住了我的眼球，哈，这是什么？这不是山药豆吗？这不就是我小时候每年都能吃到，却从来没吃过瘾的山药豆吗？

在我的印象中，小时候在家乡没有吃过山药，也不知山药是何物。但我家葡萄架下的山药豆却是印象深刻，成了我每年解馋的一种美物。

我家有前后两进院子，前院有正房和南房，没有东西厢房，院子就特别宽敞，种了八九棵果树，西屋窗外还有一大株数小株月季，除了冬天，就没见它们断过花，而且一开就一片，简直就是一个大花果园；后院因为有东西厢房，院子就狭窄许多，只种植了两棵香椿树，一棵在东厢房和正房之间的夹道里，一棵在西厢房南房头的茅厕里；还有一架葡萄，在东厢房南房头和前院正房之间的通道里。这棵葡萄有多少岁数，我从来没想过问问大人，从我记事起，它就比小擀杖儿还粗，快赶上小茶碗口粗细了。山药豆，就在这棵葡萄的一边靠墙根长着，顺着为它支的葵花杆儿攀附着。今天想来，也许是从没把它当正经作物伺候的原因吧，每年它好像都是自生自灭，没人给它施肥，只是天如果实在旱得不行，偶尔给它浇点水，所以，它的果实自然也就寥寥无几。即便这样，小孩子的我，还是眼巴巴地盼望着它能快点长大结果，好解嘴馋。

上学的时候，我们已经由后院搬到前院居住了，这几棵山药豆长势如何，只能过几天去看一次，而不像在后院住的时候，每天都能看到。但它却时时被我牵挂着。

到了夏秋交接之际，山药豆的果实就基本长成了，那饱满圆实的颗粒，煞是惹人喜爱。说来也怪，其他水果我可以自作主张采摘，唯独这山药豆，每次采摘都要问问母亲是否可以，长成了没有。这时，母亲就会过来看看，有时候说，再过几天，有时候说，先摘下面那几骨朵大的，上边的再过几天，还能长呢。这时候，我就跑回屋里，从碗柜里取出小碗，站到板凳上采摘。因为只摘下面的，就不用搭梯子，摘上边的，就需要搭梯子了。

把摘下的山药豆自己洗干净以后，就放在锅台边，等母亲做晚饭时放到锅里蒸，这天晚上，一家人就可以略略打打牙祭了。因为山药豆果实非常小，比我们今天在城里经常吃到的蚕豆还要小，数量又不多，所以，从来没有吃过瘾过，这是我儿时在乡下吃的最不过瘾的食物了。

这些年，我查了一些山药豆的资料，资料说，山药豆，是山药植物的叶腋间生的肾形或卵圆形的珠芽，名"零余子"，又称山药籽，俗称"山药豆"，有食补作用。

山药豆的作用与山药大致相同：补肺益气，健脾补虚，固肾益精，益心安神，强志增智，滋润血脉，宁嗽定喘，轻身延年。

山药豆和山药是同一植物所生，具有较高的营养价值。纯绿色食品，与野生山药有同等的药用价值。它的品质优良，口感华润有面，香味醇厚。炖鱼炖肉、煮熟后炒鸡均为配菜佳品，用山药豆做成丸子更佳。

小时候在乡下，这些知识哪里知道。那时候的我，身体羸弱，还经常咳嗽，跑遍县城的医院也查不出是什么毛病，也曾经去烟台的大医院查过，大夫也没说出什么道道来，就说是回去吃点好的。可见是营养不良所致。可乡下哪有什么好的呢？如果知道这山药豆的功效如此，多种一些吃吃，也许我的身体会强壮一些，那咳嗽的毛病也许早就好了。

可是，懂得养生的道理，已经人过中年了。所以中年以后的我，就主张，无论你从事什么职业，一定要读一些商品知识、科学养生方面的书，那对你的健康是大有裨益的。

二〇一四年四月二十八日晚始写开头部分，就见到包头文联网发出柳陆先生去世的讣告，遂哀伤停笔，二十九日，送走柳陆先生，三十日早续写完毕。

蒲公英与苦菜

单位大院的草坪面积虽然不大，却是高楼四堵中的一块养眼绿地。草坪中植有矮松、山樱桃，其间还夹杂生长着一些野花，每到春夏季节，樱桃花与蒲公英相互辉映，粉的是樱桃花，黄的是蒲公英，樱桃只开几天就谢了，忙着去孕育果实，而蒲公英却是此开彼谢，此谢彼开，花谢了结出的伞球，虽然短暂，却是孩子们的玩物，摘下来一吹，四散飘舞，别有情趣，其实它是把后代传向了远方，那伞球，就是它的种子。

南楼墙根底下，则是玫瑰与金针并列，初夏，玫瑰盛开，粉瓣片片，香气四溢；金针则轻舒兰叶，曼展腰身，亭亭玉立的枝头那娇黄轻吐花蕊，与玫瑰共引得蜂蝶轻舞，好似一幅动态的浓彩国画长卷。

小小草坪，别有风景。

一天清晨，有管理草坪者在整理草坪时，铲除了几株野花，啊，好可惜。我说，这是蒲公英，留下它多美啊，师傅遂停止。那已经铲除了的，堆在一边。噢，蒲公英，它既好看亦好吃噢！我找来一个塑料袋，一位同事见我拿来袋子，把已经拿到手的塞到了我的袋子里。我说，今晚又可尝鲜了。

蒲公英，在我的家乡叫婆婆丁，知道它又叫蒲公英是在我进城以后的事。

　　我小时候是在胶东的乡下度过的，那时的乡下孩子，放学以后的首要任务就是挖猪菜，割青草，有时候连根拔猪菜，比如马齿苋、婆婆丁，就要连根拔，猪非常喜欢吃，可以说吃起来没命，香得要死。

　　那时候，乡下虽然很穷，除非揭不开锅，乡亲们还是很少吃苦菜和婆婆丁的，这些野菜都用来喂猪，省猪食。现在想来，那时候的猪也很可怜的，糠皮是最好的吃食，地瓜蔓磨成面也不错，刷锅水就是上好的美羹了，每天傍晚孩子们挖回来的野菜就等于给它们改善生活。

　　就是这样，大人们偶尔也会选那些清脆的婆婆丁和马齿苋，用开水焯一下用大蒜凉拌，也等于尝个鲜改善一下吧。其实细想想，这好像有点和猪争食的味道呢，不是吗？多年前，我凉拌马齿苋，美物不可私享，就端了一盘给邻居同事送过去，他开门看了看，说，这是喂猪的吧？第二天给我还盘子时问，还有没有？再给一盘，挺好吃的。

　　进城以后，特别是这十来年，野菜倒真正成了美味。不仅市场偶尔有卖的，就是饭店里，经常也能吃上。当然了，饭店里是人工种植的多，真正野生的少。

　　早些年，我是到现在的植物园，那时叫苗圃采挖野菜，后来到野外采挖。最早的要数荠菜，紧跟着就是婆婆丁和苦菜，马齿苋就要晚得多了。上世纪九十年代中，我原来的单位在郊区扶贫，这项工作由我分管，就隔三差五地到村子里看看。一来二去，我发现村子周边有许多苦菜，就用村长家的铲子去挖。我和乡亲说，你们没事的时候可以挖来进城卖啊，这又没有本钱。村长说，我们村的某某勤快，每年就苦菜就能卖两千多块呢。我一算，好家伙咧，城里市场是五毛钱一堆，两千块，要挖多少啊？可人家一个季节下来，就是两千块。二十年前，两千块不是个小数目呢。

蒲公英和苦菜，是老百姓的救命菜，不要说一九四二年，就是一九六二年，它们也救下了不少国人的生命，如果没有它们，死去的国人恐怕就不是八位数了。

自古以来，各种野菜谱里就有它们的大名。

蒲公英，早在唐朝的《新修本草》就有关于它的记载，明早期的《救荒本草》，明中期兰茂的《滇南本草》，清代李时珍的《本草纲目》，一直到我手头这部新世纪的厚达五百余页的《中国野菜》，它的大名都赫赫在目。

《中国野菜》把蒲公英分为六种：蒲公英、碱地蒲公英，又名华蒲公英、东北蒲公英、异苞蒲公英、亚洲蒲公英，又名戟叶蒲公英，白花蒲公英、红梗蒲公英。商行草坪里的是红梗蒲公英。蒲公英的医疗保健作用为：清热解毒、消肿散结、利水通淋，用于乳腺炎、腮腺炎、咽喉炎、肝炎、胆囊炎、尿路感染、目赤肿痛。该书说，蒲公英有五大作用：抗病原微生物作用、抗肿瘤作用、抗溃疡作用、利胆及保肝作用、其他作用。

我平时食用蒲公英就是凉拌，这部书里则介绍了十八种食用方法，还有十八个验方。热炒的有蒲公英炒双冬（冬笋、冬菇）、蒲公英炒肉丝，凉拌的是蜇皮拌蒲公英，最多的是各种蒲公英粥，还有蒲公英茶、蒲公英酒、蒲公英饮料。无论是热炒还是凉拌，熬粥，都有极为显著的食疗作用。你不妨一试。

苦菜一般指苦荬菜和山苦菜，山苦菜又叫苦苦菜、苦麻菜。二者虽然不是一种植物，但是其食疗作用大致相当，都有清肺火、解热毒、消肿排脓的作用。食用方法是凉拌、热炒、蘸酱均可。开水焯一下苦味会减轻一些，采来洗净蘸酱则风味浓郁，更有野趣、野味，不失为一种绿色的食用方法。

单位草坪里的苦菜正茂盛着呢！

二〇一四年六月四日午餐后，记于钢铁大街十号《包商时报》编辑部。

甜 "瓦篓" 茵茵叶蔓

　　细心的读者会发现，我这里的"瓦篓"是打了引号的，为何？这里需要交代几句。我小时候在农村吃的"瓦篓"是一种野果，它的正式名称叫地梢瓜，它的别名有一长串，如：女青、山角、地瓜儿、羊不奶果、小丝瓜、浮瓢棵、老瓜瓢、沙奶奶、马奶奶、沙奶草、细叶牛皮消、雀瓜、罗汉草、地瓜子、地葛、地瓜瓢、盘龙草、牛梢瓜、羊奶草、羊巴奶等等，但是这些别名在我的家乡好像都没人叫过，我记得在老家的时候就叫它"瓦篓"，是不是这两个字，没有把握。为了这篇短文，我查了《牟平方言词典》，没有找到，百度，没有类似的叫法，就只好写成这样了。因为不一定标准，所以打个引号吧。

　　小的时候在乡下，除了家种的少数果树是我们小孩子的最爱外，我们最感兴趣的还有野外的各种野果，像野葡萄、酸枣、瓦篓等等。

　　瓦篓和酸枣、野葡萄不同，后两种大体有固定的地方可摘，瓦篓却不是，你要漫山遍野地去找，而且成功的几率极低。运气好了，一次找到一片，运气不好，一棵也见不到，那就只能割些猪草回家了。

　　村子南边有一条小河叫南洼，它从南边的岳家庄流过来，经过我们村南就往东拐下去，再往北，过辉石埠，继续北流，流经南寨、北寨村东，就流进大海了。（我曾经写过一篇《扒虾》的文章，那场景就是在南寨东边的这条河边上的。）往上追溯，则是从岳家庄村子中央由西边过来的，发源地在日头泊村边。

这条小河不宽，也就三五米的样子，水也不深，除非雨季，平时也就到大腿根那样，但它却是我们许多孩子的乐园——端午采艾，这是最理想的地方，两岸艾蒿郁郁葱葱，连根拔起来，抖一抖，根上的沙土就利利索索地抖净了；挖猪菜，割猪草，两岸的青草嫩绿嫩绿，水灵极了，是猪的最爱；河里的小虾极多，用笓子一兜，活蹦乱跳，回家用韭菜一炒，就是一盘上好的小菜；更妙的是，这里的蒿草、老老苍下面，躲藏着小孩子们都非常喜欢的瓦篓。也许家里的劳力少，也许我家住村东头离这里近，也许，反正我自己认为，我来这里的次数要超过许多村里的小伙伴，那瓦篓，可能也就被我吃掉的要多些。

可惜的是，就是这样一条小河，在农业学大寨的年代里，它被埋掉造田了。那是一九七三年，我回乡探亲，从辛安下车步行回村，远远就看见许多人推着小车往河里倒土，我问村人，这是干什么？回答是，不要了，把它填了，种庄稼。于是，在我家乡的地图上，一条河流就这样被人为地抹掉了。我后来知道，在那个罪恶的年代，不仅仅是南洼填掉了，就连双傍湾（两个连体池塘，与南洼相通），大湾（也与南洼相通）统统都被填掉造田了。水系的破坏，造成水土的流失，小气候的变化，以致村西边的水库后来也干涸了。

可以找到瓦篓的地方，还有一个好去处，那就是辛安河两岸。东岸我们一般不去，原因是和河东的村子没有搞好关系，两村的青年人曾经隔河抛石头打过数次群架，虽然没有结下多么深的仇，来往却少了，能不去还是不去，以免麻烦，我们干什么都在河西岸。河西岸大坝离河边有五六十米的距离，种的全部是棉槐，每年一到初冬，生产队就把棉槐割回来编果筐，然后交到公社。就在这大片的棉槐林里和大坝的坡上，隐藏着不知有多少瓦篓，如果赶对了，一下子就能遇到大片大片瓦篓那灰绿灰绿的身影，青嫩青嫩的瓦篓就成了你手中的宝物，干净的，立马就放进了嘴里，沾有泥土的，就跑到不远的河里用河水一洗，那甜丝丝的味道就在林中荡漾开来，以致今天想来，还是垂涎欲滴呢！

搜百度，我们知道，"瓦篓"还是一味中药呢，我们看：

地梢瓜，以全草及果实入药。夏秋采，切段晒干生用。嫩果实可以吃。百度说它的药性甘，平。主治益气，通乳。用于体虚乳汁不下；外用治瘊子。功能为补肺气，清热降火，生津止渴，消炎止痛。

经济价值呢，它是一种好饲料：地梢瓜以其茎较纤细而且木质化程度很低，质地柔软，有利牲畜采食。地梢瓜青鲜时为骆驼，山羊和绵羊所喜食。从化学成分看，地梢瓜营养价值较高，其蛋白质含量接近于紫花苜蓿，且同小麦麸相当，粗脂肪和灰分也较丰富，尤以钙的含量较高，接近于一般豆科牧草的水平，较难消化的养分粗纤维则甚少。地梢瓜不仅蛋白质含量比较丰富，而且蛋白质品质也较好。就其所含9种必需氨基酸数量言可以同苜蓿干草媲美，比小麦麸所含的尚多近一半。据分析，地梢瓜所含元素中除铝外均系动物营养所需，它们的含量相对而言属高灰分，氮、钙，硫，铝，中磷，铁，硅，低钾，钠类型。地梢瓜应属于中等以上或良等的饲用植物。

地梢瓜还可充药用。药名沙奶草，蒙药名斗格奴。它味甘性温，功能为通乳，和血通经，消炎止痛、止泻。

我在内蒙古的路边沟旁或者地边，也经常见到这种植物，可从来没见到结果的，非常奇怪。

二〇一九年五月二十九日记。

种地梨儿

大约十一二岁的时候，妈妈带我去了一趟牟平县城关外的西北坝姨姥家。午饭的时候，咸菜碟里一种不知名的咸菜非常清脆好吃。在我们家乡，家家户户都要腌咸菜，一般是用萝卜、白菜、胡萝卜、芹菜四种。而姨姥家这个咸菜，长得非常好看，像个袖珍的糖葫芦，只不过颜色是白的。

我问："姨姥，这个咸菜是用什么腌的啊，这么好吃？"

"地梨儿啊，你们家没有吗？"

妈妈说："俺没种过，俺村好像也没有种的。"

姨姥就对表哥说："饭后带你弟去菜园看地梨儿。"

这是我记事后第一次来姨姥家，他们家的菜园好大啊，种的东西也比我家多多了，有些蔬菜我见都没见过，比如刚才吃过的地梨儿，还有后来知道的莴苣等。

我和表哥说，能不能挖几个地梨儿给我，我回去也种点儿。表哥很痛快地答应了，说，等你回家的时候我给你挖，现在就看看去。虽说是看看，表哥还是带来铁锨挖了几个，哈，真好，小地梨儿白嫩白嫩的，一节一节，就像家里养的蚕宝宝。

在姨姥家住了几天，该回家了，表舅赶上大车送我们回家，来时带的篓子早已装满了各种食品，表舅还用一个大筐，装了许多蔬菜给我们。

路上我问表舅："你这大车能随便用吗？我们村连辆大车都没有。"

表舅说："我是赶车的，和队长打声招呼就行了。"接着，表舅又说："这是生产队的车，要是自己的，连个招呼也不用打。可惜现在不让单干啦！"

我那时虽然很小，但是对单干还是有印象的，就在我后来读完小的西谭家泊村，就有一户没有入社的人家，至今单干，而且他们家的老爷子脑袋后边还留着一条小辫子。直到进城读了中学，看了一些书，我才知道，那个小辫子是清朝留下的。我想，这位老人真是可以，历经民国、新中国，他竟然还留着清朝的辫子，真是不可思议。

又过了一年就发生了文化大革命，文革一年后我就进城了，也不知道这家单干户在文革中是不是受到了批斗，我想应该会的吧？这些都是后话。

从姨姥家带回地梨儿，我和妈妈商量种在哪里，妈妈说，菜园也没有多少地方了，这个地梨儿是宿根，你种下去后不用每年再种了，就找块地边种吧。妈妈又说，石碑后边什么也没有，你去刨刨看能不能种。

我找来小镢头，就在菜园东北角石碑的后边和东边刨了起来。

这块石碑也不知是哪年哪月谁家人立的，妈妈也不知道。碑文有许多小字，那时候我太小，不知道记下来，今天只记得正面那四个楷体大字："千古流芳"。什么是"千古流芳"，当时也不知道，及至成人后，方想起，我家菜园原来就在人家的坟前。但那碑后的坟，早不知什么年代就被平掉了，成了生产队的耕地。

我在石碑的两侧刨好地，又挑来两个半筐粪拌了进去，就把地梨儿隔一扎一个地种下了。

从这年开始，我家的咸菜里也就有了地梨儿。

进城以后，我才发现，原来包头也有地梨儿，而且还不少呢，每到秋季，九原区的菜农就有进城卖地梨儿的。参加工作以后，我发现商店卖的北京著名的八宝菜，也有用地梨儿加工的，那个好吃啊，就别提了。前几年我去阿拉善额济纳旗看胡杨，归途中路经宁夏首府银川，在市场上也看到卖地梨儿的，而且个头模样比包头的还漂亮，我就买了二斤带回来。

为了写这篇短文，我查阅《辞海》等工具书和百度，竟然找不见这个"地梨儿"，百度的"地梨儿"，是谐音"地栗"的词条，地栗就是荸荠，和我们平时说的"地梨儿"根本不是一种东西。

在《400种野菜采摘图鉴》里，我找到了"地梨儿"的踪迹，而且它的名字根本不叫"地梨儿"，而是叫"螺丝菜"，又名：宝塔菜、甘露儿、银条地蚕。百度"螺丝菜"，相关词条高达七十万，宝塔菜相关词条高达二十五万，甘露儿相关词条也高达两万多，再百度"银条地蚕"，相关词条也多达五百多。

《图鉴》的介绍比较简略，百度倒是很详细：螺丝菜为唇形科草石蚕的块茎，多年生草本植物。块茎肉质脆嫩，可制蜜饯、酱渍、腌渍品，十分可口。食用时，以凉拌为主，还可加工成咸菜、罐头、甜果等，是驰名中外的"八宝菜"、"什锦菜"之一。扬州罐藏螺丝菜是酱菜之上品。

螺丝菜是多年生草本。地下有匍匐枝，成熟时顶端膨大成螺旋状的肉质块茎，茎直立，高30～120厘米，方形，叶对生，卵形至长椭圆状卵形，两面被贴生短硬毛。夏季开花，花唇形，浅紫色，轮伞花序；花冠长约 1.2 厘米，筒内有毛环，上唇直立，下唇三裂，中裂片近圆形。小坚果卵圆形，具小瘤。喜生温湿地或近水处。

我国各地都有野生或栽培。

螺丝菜食药兼用，性味甘平；有疏风清热、活血祛瘀、解毒消肿、润肺益肾、滋阴补血、强身的功效；可治疗感冒发热、咳嗽、黄疸、气喘、肺虚咳喘、肾虚腰痛、淋巴结核、肺结核、咯血等病症。地上部茎叶还有治疗风湿性关节炎、肝炎、毒蛇咬伤和散瘀止痛等作用。一般人都可食用，尤其适合风热感冒、虚劳咳嗽、小儿疳积、肺炎患者食用。同时黄疸、气喘、肺虚、肾虚腰痛、淋巴结核、肺结核、咯血等病症患者也可多食。

《饮膳正要》说它"利五脏，下气，清神。"《陆川本草》说它"滋养强壮，清肺补津，功类冬虫草。治身体羸瘦，虚劳咳嗽，小儿疳积"。这里有一句非常值得重视，那就是"类冬虫草"，就是说它的功效类似冬虫夏草！冬虫草价格高昂，而这螺丝菜仅仅白菜价，可吃啊。

百度还介绍了螺丝菜可炖、可炒，不仅如此，那年在陕西白云观，我见还有小贩叫卖油炸地梨儿，煞是惊奇，品尝后味道果然特别。

文章写完，突然想到，我到过的许多地方都管"螺丝菜"叫"地梨儿"，而我查过的工具书诸如《辞海》《现代汉语辞海》《现代汉语词典》，甚至《大不列颠百科全书》，都不收"地梨儿"一词，百度，也没收"地梨儿"一词，实在令人不解。语言不是进化的吗？"地梨儿"一词都叫了几十年，是语言工作者们充耳不闻呢，还是我孤陋寡闻？

二〇一四年八月三日晚记于暖石斋

酱拉磨与虾

西口文化学会组织会员到固阳乡下参观农村的老物件，村口众多的老碾子、老磨盘引起了我的兴趣，大大小小，足有几十套，其中还有几个几扎宽的手摇小磨，这么小的磨，在我的家乡胶东，极少见。

是啊，五十年前的乡下孩子，有几个没推过碾子、没推过磨的？

其实，一个十几岁的孩子，一个人是推不动碾子，也推不动磨的，都是帮大人一起推。碾子有两根碾杠，或者一人抱一根推，或者用一根碾杠，在碾杠的头上栓一根绳子，小孩子套在肩膀上，在前面拉。我帮大人推碾子、推磨，就是这样。这就不叫推碾子推磨，应该叫拉碾子拉磨了。

推碾子推磨一般都是推粮食，偶尔用磨推豆子做豆腐，或者推炒花生做花生酱，或者推虾蟹做虾酱。我小的时候，最喜欢的是推炒花生做花生酱，因为用来从磨上接花生酱的，是用萝卜头做的勺子，推完后，这个萝卜头就是一道美味，我们小孩子就可以享受了。

这个是临时的享受。还有比较长久的享受，是推虾酱，受一次累，可以享受好久呢，就是在很长一段时间里，可以吃到用虾酱做的各种菜。

进城以后，好多年没有吃到虾酱做的菜了。

遗憾的事常有，遗憾变为欢喜的事，偶尔也有。这不，说来就来了。

两年前的一天吧，利用在京公干之机，拜访了初中同学守祥兄。嫂夫人知道我的饮食习惯，说，今天让你尝个鲜儿，先不告诉你。

不告诉我，能是啥呢？螃蟹？皮皮虾？嫂夫人知道我是烟台人，喜欢吃海鲜，可每次来都做给我吃啊，能算"鲜儿"？管它呢，端上桌不就知道了。先和守祥兄聊天。我们分别介绍了京包两地同学的近况，谁有了孙子，谁有了外甥，谁下岗了，谁打工去了，谁还在岗位上。对几位早走的同学，则只有表示惋惜和哀悼。

"别叨古了，说点高兴的！"嫂子喊。

"是，说高兴的。"就谈北京的发展，包头的发展。

"那不是你们操心的，来，吃饭吧！"

"哈，虾酱啊！"还没进餐厅，就闻到了那打小就听（听：胶东方言，在这个语境下是闻的意思。）惯了的味道。

"你鼻子倒尖！这么多年在内蒙吃不上也没忘了？"

"那怎么能忘？小时候全凭它就饭呢，可比咸菜好吃多了。"

是啊，小时候在胶东乡下，一年要吃十个月地瓜，现在地瓜在城里成了稀罕物，特别是它的特殊营养成分，令许多人趋之若鹜，可这东西吃多了烧心，必须就咸菜，那咸菜又是老三样，萝卜、芹菜、胡萝卜，而且芹菜和胡萝卜还少得可怜，基本就是萝卜疙瘩。我到外村读完小的时候，每天中午带饭，就是两个地瓜，一块萝卜咸菜，如果能有点其他就饭的，那就像过大年一样，美死了。

那位说了，你不是海边的吗？还没有点海鲜吃？

是的，我出生的村子离海很近，只有不到四华里，其间却隔着三个村子，人家这三个村子都有海，到我们村，却没有海，看着人家村子里社员隔三岔五地吃鱼、吃虾，我们想吃却只能到集上买。可是，那个时候，谁家又有钱买海鲜呢？家家户户养几只鸡，是从鸡屁股里掏烟火钱、酱醋钱、学费钱，哪还有剩余的？

穷人有穷办法。趁农闲生产队活少，人们就刁空跑到海沿抓沙滩上的沙琪玛，捞蜢子虾，回来用小石磨磨成蟹酱、虾酱，然后装在坛子里发酵。有时候捞到的不仅仅有蜢子虾，还有其他如小白虾等，也就一起磨了。有那不会捕捞的，干脆拿上几颗鸡蛋或者舍上两块钱到集上或换，或买几斤新鲜杂虾回来磨酱。

做虾酱要加适量的盐，我们哪里一般不舍得买细盐，多用粗盐，这就需要在磨酱的时候加盐，也就同时把大粒的粗盐磨细了，而且磨的同时等于搅拌，几乎也就拌匀了，然后装在坛子里发酵。我们那里的咸菜缸、酱坛一般都是在房前，小坛一般放在窗台上，借助阳光加温，促进发酵。坛口还要加盖，一是不让阳光直接晒到酱，防止发生过热黑变；二是防止雨水和杂物落进去。经过大约一个来月，虾酱就发酵成了，揭开盖子，那特有的鲜香就会在院子里飘荡开来。这以后，你看吧，家家户户原本单调的饭桌上就多出了一道美味，条件好点的，有鸡蛋蒸虾酱；更多的是萝卜茧子蒸虾酱、白菜帮子蒸虾酱；赶上谁家做豆腐了，或者有来卖豆腐的，你看吧，当天的饭桌上必定有一碗豆腐蒸虾酱。如果哪天饭桌上有一盘鸡蛋炒虾酱或者白菜炒虾酱，则不啻于过节了。

这是那个年代远胜过咸菜的饭桌美食，虽然不是天天可以吃到，却也是隔三差五可以打打牙祭的，而在今天，它却成了城里人的稀罕物，也摆上了高级饭店的餐桌。

真是时代不同了，什么都在变啊！

可那或美好、或苦涩的儿时记忆，会变吗？它将永远荡漾在我的心中。

二〇一九年五月二十九日记，二〇二四年元旦再改。

萝卜茧子虾头酱

由同学请吃虾酱引发写了一篇关于虾酱的文章后，似言犹未尽——小时候在乡下，还有一种虾头酱，可谓菜根美食，物美价廉，很受百姓喜欢，也值得一记。

前文讲的蜢子虾酱，可以自己加工，这虾头酱却是需要从供销社买，如果城里有亲戚，干脆到烟台买，还要便宜许多。我四姨的村子就在烟台市区边上，姨夫是他们村的渔业大队长，在烟台很有一些关系，他经常给我们送一些来。至于村里供销社什么时候开始卖的，现在记不起具体时间，记得起来的是，当时这消息就像长了翅膀飞遍家家户户，左邻右舍三三两两就像不要钱似的大罐小罐往家买，为何？便宜啊，五分钱就能买一罐头瓶！这对吃惯了萝卜咸菜的村民来讲，不啻像今天城里人的发福利，能有不高兴的？自然要多买点，这东西又不怕坏，它咸着呢。

那位问了，这虾头酱是什么酱？怎么这么便宜？

顾名思义，虾头酱就应该是虾头做的，其实也不尽然。

加工虾头酱所用的原料，有虾头、虾壳、虾尾等。这些是在加工冻虾仁时的下脚料，这些以前被废弃的虾头、虾壳、虾尾等就被加工成虾头酱了。听四姨夫说，做虾头酱是先将新鲜的虾头、虾壳、虾尾等原料用水洗净，沥水后油炸，在一百多度的油温下炸两分钟左右即可。虽然经过油炸，但独特的鲜虾风味并未消失。之后将油炸的虾头、虾壳、虾尾等用切碎机切碎，再用研磨机磨成糊状，就是虾头酱了。

这些不失虾本味的虾头酱，可谓物美价廉，很受村民欢迎，虽然食用方法简单，却是下饭的美味。姨夫送来的如果吃完了，母亲也会到供销社买点回来，她经常做的有这样几种：

虾头酱蒸鸡蛋。做法很简单，把鸡蛋打碎和虾头酱拌匀，放在小碗里上锅蒸熟即可。这样的做法是偶尔的，因为不舍得鸡蛋。

虾头酱蒸萝卜茧子或者白菜帮子。把青萝卜和白菜帮子切成菱形块或者条状，用虾头酱拌起来，放在小碗里上锅蒸熟即可。萝卜茧子要蒸得时间长点，白菜帮子蒸得时间短点。

虾头酱炒白菜。白菜顺丝切成筷子粗细，虾头酱适量，葱花小许，油锅烧到七八成热放虾头酱和葱花煸炒出香味，加白菜，因为虾头酱本身是咸的，所以不必加盐和酱油，待白菜炒熟即可出锅装盘。

配虾头酱的主食最美的是玉米面饼子，然后才是地瓜，白面馒头是不敢奢望的。玉米饼子要火大点，贴锅的一面烙出焦黄略黑的疙儿，咬一口带疙儿的玉米饼子，同时来一口或鸡蛋虾头酱，或萝卜茧子虾头酱，那才叫个香啊！如今想起来，还满嘴生津呢，何时能再回乡品尝一次这儿时的美味呢！

再一想，现在的家乡人，还吃这个东西吗？还会吃玉米面饼子吗？记得三十年前回乡，我嚷着要吃煮玉米，就被大姨家的表哥好个笑话，说，看你那没出息样儿，放着白面馒头不吃，吃什么苞米棒子，现在都喂牲口啦！

是啊，和人民公社比，今天的农民翻身了，像我幼时一年吃十个月地瓜的日子一去不复返了，那些当年被当做主食的粗粮，现在很少有人吃了，倒是城里人，把它们当成了稀罕物，偶尔打打牙祭，也有的知道它们的营养价值，当做补品来食用了。而我呢？是忆旧？是怀旧？还是什么，说不清了……

二〇一五年十月六日午夜，写毕《虾蟹做酱度荒年》已二时许，言犹未尽，一鼓作气再补记虾头酱如上。记毕已三时矣，明日还有两场酒局，如何应付，尚不可知。

鲜美清热 蛤蜊冬瓜 豆腐汤

我喜欢贝类海鲜，是友人里出了名的。

我做的小海鲜，也是友人里出了名的。

什么爆炒小丁鱼，小丁鱼炒白菜，白灼蛤蜊，蛤蜊豆腐汤，在朋友圈也是出了名的。

那次，夜书房书友相约在夜书房小聚，我答应做小海鲜。大家欢呼雀跃。我做的凉菜是海蜇头拌白菜心、海兔拌黄瓜条；热菜是烧黄鱼，蛤蜊冬瓜豆腐汤。每道菜都受到了书友的喜爱，特别是那锅蛤蜊冬瓜豆腐汤，满满一锅，大家喝得是个底朝天。下面我就单讲讲这道菜。

这道菜的主料三种：花蛤、冬瓜、老豆腐。

江西科学技术出版社出版的《水产品的妙用与忌口》一书是这样介绍花蛤的：营养丰富，味道鲜美。其性味咸寒，食疗功效为清热化湿，化痰散结，润五脏，治消渴，利小便，清肺热，止咳逆，疗胸肋疼痛，补肾止血。

冬瓜与花蛤有相同之处，也是性微寒。人民卫生出版社出版的《果蔬本草与食疗》这样介绍冬瓜：其食疗功效为清热利水，生津止渴，润肺化痰，解暑。

豆腐更是人人皆知的高营养食品，它的食疗功效竟然与花蛤、冬瓜极为相似，清热润燥、生津止渴、清洁肠胃。除有增加营养、帮助消化、增进食欲的功能外，对齿、骨骼的生长发育也颇为有益（有此功能的还有果中钙王——酸角），在造血功能中可增加血液中铁的含量；豆腐不含胆固醇，是高血压、高血脂、高胆固醇症及动脉硬化、冠心病患者的药膳佳肴。也是儿童、病弱者及老年人补充营养的食疗佳品。豆腐含有丰富的植物雌激素，对防治骨质疏松症有良好的作用。还有抑制乳腺癌、前列腺癌及血癌的功能，豆腐中的甾固醇、豆甾醇，均是抑癌的有效成分（见百度）。

您看，这样三种食材融汇一锅，相互补益，在风干气燥的塞外食用，是多么的适宜啊！不仅补充了体内所需的各种营养，而且立竿见影地清热生津，夏季清凉消暑，春秋冬补湿补气，多么得劲。

其做法也很简单。我的做法是把冬瓜洗净去皮去瓤，切成薄片；豆腐同样切成略厚于冬瓜的薄片。食材放入锅内，加凉矿泉水没过食材，煮沸煮熟，盛出待用。然后把锅洗净，放入吐过沙洗净的花蛤、姜片，加矿泉水适量，这个量根据吃的人多少来定，急火烧开，待花蛤全部张嘴，倒入煮熟的冬瓜豆腐，水滚开三两分钟即可。一道味道鲜美、营养丰富的花蛤冬瓜豆腐汤就做好了。

强调一点，除了刚才上面说的姜片，再不加任何调料，包括味精、鸡精，一般也不加盐，就要喝花蛤、冬瓜、豆腐的本味。

料简单，做法简单，味道可不简单。不喝不知道，喝了一碗还想要。绝对。不信，请试试。

二〇一八年八月五日午后记于阴山暖石斋南窗下。

叶后蔬菜皇红薯

昨天（周六）上午，参加金蔷薇读书沙龙"走进田园乡村阅读经典美文"读书活动，来到包头郊区和林格尔的大相公村农家文化大院。所有参加活动的书友都向文化大院捐赠了图书。我带来七本，除了《吃情岁月》外，还带来一本《野菜》，原本想和村民交流一下，看他们是否感兴趣人工种植野菜，可惜无机缘。

第一项是采摘。大院白先生带领我们一行到房后的田地采摘玉米，有人还发现香瓜，也摘了几个。我看到了大片的红薯地和花生地，问白先生，答复说，红薯是今年试种的，估计长不出来；花生种过，也长不好，果实不饱满。

几分钟的采摘结束，第二项是赠书，之后紧接着就是读书讨论。这次讨论的书是格非先生的长篇小说《望春风》。我因为没读过，只能听，学习。张伟在发言时提到作者很有古典功底，这个我相信，因为之前购读过作者的《雪隐鹭鸶—〈金瓶梅〉的声色与虚无》，对作者古典文学功底有一些了解。我在发言时把这个意思说了。

午餐时为了躲酒，没与市里来的大多书友一起坐，而是与郑晓峰和老乡们坐在一起，晓峰开车，也不想喝，可一开始就被大家劝得喝开了。

从小在农村生活过，对农村有着无限的爱恋，对红薯（我的家乡叫地瓜）自然也非常喜欢。小时候在乡下，红薯是主粮，我每年都要吃十个月，几乎顿顿是红薯。而且也非常奇怪，我还就有地瓜膘，每年到新红薯下来，我就开始胖，红薯下去，就又瘦了。

就在大家还在畅饮时，我找了一把吃手把肉的剔肉刀，到村后的红薯地，看红薯到底能不能长。挖开一棵一看，好家伙，很正常啊，很大一个红薯就在眼前，我挖了出来带回来给大家看。陈吟要摘红薯叶，我也感兴趣，加上贾海雁母子，四人返到红薯地。我和陈吟摘了一些红薯叶，为海雁挖了几棵马齿苋，为其儿子挖了一个红薯。

为这红薯叶，年初曾经得罪过一位作协领导。在一次饭桌上，不知谁谈起莫言，就谈起三年饥饿年代，就谈起饿死人。这位领导说，饿死人是胡说，我怎么就没挨过饿？我说，你是医院院长的儿子，你们家的情况肯定和普通人家不一样。我在农村，就吃过地瓜叶、吃过树皮。这番话引得他大为恼火，以致在不久后的作协会议上，把工作报告中关于我的评价删掉，后来他的作品研讨会出版了一本关于他作品的评论集，也没收我关于他的评论。这岂不是红薯叶惹的祸？

今天在饭店，红薯叶是当稀罕物来吃的。早年乡下可不是这样，饥荒年代粮食不够吃，就把红薯叶掺在玉米面里蒸窝头，有时候比例对半，有时候则是红薯叶多玉米面少；还有的时候，把红薯叶切碎，拌上玉米面蒸着吃，我们那里叫炖馍，那是当主粮吃啊！正常年代，红薯叶则是猪的饲料，新鲜的红薯叶是猪的最爱，秋收后干的红薯叶，则和红薯蔓一起粉碎后用来喂猪，绝不浪费的。

这些年人们的生活好了，大鱼大肉吃腻了，就琢磨着吃一些以往看不上眼的东西，比如黄瓜芽、比如豌豆苗，再比如这红薯叶。我在饭店里吃过，是清炒，味道一般，不是做不出好味道，估计是厨师的手艺问题。炒惯了大鱼大肉的手法，再做这野菜般的东西，自然难得顺手了。

我今晚做的时候，也是犹豫：清炒？凉拌？各做一道，昨天摘得太少，不够两个菜，干脆就凉拌吧。

清洗红薯叶，把小梗摘下，剥蒜剁蒜泥，焯的时候先下小梗，然后下叶，捞出淋水，切寸段装盘，放精盐小许，香醋小许，拌匀即可。原想再淋一点辣油，想了想，还是不放了，吃吃红薯叶的原味。其实这也是我的老手法了，做凉拌菜不放香油，偶尔倒是放一点花椒辣椒油增味。

红薯的营养价值现在许多朋友是知道的，那么红薯叶的营养价值如何呢？我们看百度如何说：

红薯叶的营养非常丰富，大部分营养含量比菠菜、芹菜等这种高营养植物高很多，特别是类胡萝卜素比普通胡萝卜高三倍，比鲜玉米、芋头等高六百多倍。因而，它在国际上又被称为"蔬菜皇后"、"长寿蔬菜"、"抗癌蔬菜"，亚洲蔬菜研究中心已经把红薯叶列为高营养蔬菜品种。

朋友，有机会，你也不要放过哦，请亲近一下这位"蔬菜皇后"噢！

二〇一八年八月五日夜记于暖石斋南窗下。用时一小时。

十一月二十九日夜复读略改数字。

本月中旬到湖北、四川旅游，在十堰、万州、恩施等地街边菜摊，见有许多卖红薯叶的，一把一把的，非常鲜嫩。问价，一元一把，也有一元两把的。看来，当地百姓，早把红薯叶当蔬菜吃了。

二〇二四年十月二十八日补记。

四十年前，我曾这样卖元宵

日前，在报上看到一篇文章，作者对传统节日食品发展成日常食品表示了担忧和不满，笔者不明白，这位作者何以会有如此担忧，我们传统节日春节的饺子，不是早已经成为日常食品了吗？可它并没有影响我们年三十吃饺子啊！我说，应该请这位作者回到四十年前去，永远过那种缺吃少穿的日子。那位年轻朋友问了，四十年前怎么了，没吃的吗？对了，还真让你猜对了，就是没吃的！就以眼前的元宵节说吧，你到超市看看，各种各样的元宵琳琅满目，各种馅料数不胜数，任你挑任你选。可放在四十年前，想吧，你！想吃元宵？排着队等吧，打着架挤吧，就这，你还不定能买上，因为那数量，并没有多少。如若不信，听我细细讲来。

四十年前，是计划经济达到登峰造极的时代，具体到百姓的日常生活，就是一个"酱油不咸醋不酸，糕点赛过耐火砖"的时代，这是一个想啥没啥，不想还麻烦的时代。就在这样的时刻，我参加了为人民做好服务供应的工作，几个月后，就赶上了一年一度的元宵节。那叫什么元宵节？名目而已！供应的元宵只有两种馅：糖馅和豆沙馅。数量则是供不应求。托关系，找门子买，是有办法人的事；排队买，是规矩人的事；打架买，是愣头青的事。这些都是家常便饭，都经历过。而且不但是元宵节，八月十五也一样，买月饼更是有过之而无不及。

那位朋友可能又会说，那你可以自己做嘛！是啊，是想自己做，想做成啥馅做啥馅的，是吧？可有一条，你得有原料吧？原料哪来啊？那时供应的粮食里边，根本没有可做元宵的江米，也没有红豆之类。糖嘛，倒是供应点，少的可怜啊，凭人头号供应，每人才几两啊！所以，自己做，没条件。

元宵节的前两天，我们就开始到食品厂排队（卖的也排队，这是那个时代的特点），领取那少的可怜的元宵，拉到门市部后立即上柜出售，另一拨人仍在食品厂排队，等待分配的数量。门市部已经卖空了，这边食品厂的货还没续上，有的排了一天的队，为了避免加塞，排队的群众干脆自发地发开了排队的号。可元宵一上柜，好嘛，谁管"号"啊，全挤了上来！多亏那时的柜台是水泥的，如果是今天这样玻璃铝合金的，早成了垃圾了。

就在这乱哄哄的状况下，人们在争抢着传统的节日气氛，争抢着传统的节日食品。这对我，是刻骨铭心、永难忘记的。今天，计划经济早已寿终正寝，人们的生活开始日益好转，传统的节日食品再不用排队或者打架就可随时随地买到，这是多么美好的事啊！面对这样的美好，我们应该欢呼再欢呼啊！还担忧什么呢？朋友。

二〇一六年二月二十八日记于钢铁大街十号。

醇酒飘香
老碾坊

　　近三五年，在包头市及周边地区，一种叫老碾坊的白酒正在悄然兴起，逐渐引起酒友的关注和热爱，其口碑之好令我吃惊。有的说，你这么好酒，怎么也得尝尝啊；有的说，你一定要到酒厂看看，打探一下虚实，检验一下是否真的纯粮酿造。是啊，我本好酒之徒，对此岂可不闻不问？遂向业内人士打探。不问不知道，一问还真的问着了，那开酒厂的老板，竟然是我失联才三五年的老朋友、老同事，一个肯务实又有点轴的家伙。

　　他怎么放着好好的公务员不干，想起酿酒了呢？又起了个土的不掉渣，肯定不算洋气的名字？

　　我掏出手机："嗨，放着好好的领导不干，怎么又酿开酒了？"

　　手机那头就传来了他那有点儿特殊的声音："呵呵，早就想联系你过来尝尝，指导指导。你不是一直抱怨现在纯粮酿的酒喝不上吗？我这里管饱啊，快来吧，等着你，要不我到市里去接你。"

　　"在哪儿啊？你的厂子在哪儿啊，不在市里吗？"

　　"不在市里，在后山，固阳金山镇老碾坊。"

"老碾坊，那不是你酒的名字吗？怎么成了地名？"

"是的，你来吧，就是老碾坊。要不我去市里接你吧。"

于是，就定下周六休息的时候，约上几位老同事，去品尝他的老碾坊。

我对固阳不能说熟悉，但是也绝不能说陌生，那里确实有几个村名带有碾坊的。像西斗铺镇有赵碾坊、陈碾坊，在银号去大庙的公路边还有个村子就叫碾坊，而他所说的金山镇也有王碾坊、程碾坊，可老碾坊呢，真还是第一次听说，在固阳的地图上也从未见过。

虽是滴水成冰的隆冬季节，但天公作美，周六是个艳阳天，正适合出门。大约有十几位朋友，分乘几辆小车，就奔后山而去。车过稠阳大道，穿越隧道，由沙陀国南侧而东，直奔老碾坊。

别看固阳的年龄不长，这稠阳大道却是有些年头，两千多岁了吧，不仅如此，而且声名显赫，当年王昭君出塞，就是经此而过，成就了一曲千古绝唱；而那沙陀国，更是扑朔迷离，引人浮想联翩。我没有详细考察这个村名的来历，仅从字面看，绝非一般，据说与当年沙陀王国有关，也许就是一千多年前沙陀国的遗存也说不定。在我国，不是有一出著名的传统京剧《沙陀国》吗？它演绎的就是千年前后唐太祖李克用和他的"沙陀国"的故事。你说这固阳厉害不厉害？

这是插曲。

话说车擦沙陀国身边而东行，大约七八公里吧，下公路南行，到了一个小山村。主人说，这就是老碾坊，原名西壕。

哈哈，西壕啊，不就是原名竹机壕吗？固阳地名多带壕字，这好理解，因为固阳地势本就坡多梁多，自然也就壕多。但为何叫竹机壕，却难以理解。包头地名志介绍说是根据这里的植物和地理状况叫这样的名字，但竹机是个什么植物呢？带着这个疑问，我电话请教西口文化研究会会长、原固阳县高级农艺师郑少如大姐，她说，什么竹机？就是啊，就是可扎扫帚的芨啊？对的，就是。编包头地名志的人不懂方言，也不熟悉本地习俗，用了"竹机"这么两个字，把许多人搞糊涂了。

嘿嘿，这么说，倒好理解。固阳地处阴山之北，气候寒冷，土地贫瘠，而却芨能适应，而且生长茂盛，为荒瘠的草原带来些许生气，用它做地名就在情理之中了。

那么西壕怎么又变成了老碾坊呢？主人卖开了关子，说等品尝完老碾坊烧酒再说。

寒冬时节到后山，有一道名菜那是必吃的，就是远近闻名的杀猪菜。刚才进村时，我远远见到一户人家门前好似搭起了杀猪的架子，下车后就独自一人溜达过去，看看本地是如何杀猪的，可惜晚了一步，大程序已经过去，基本算结束了。从我的观察看，和我们胶东不太一样，他们是搭三脚架，把猪吊起来杀，我们胶东是放在案子上杀。各地的习俗真是不同啊。

返回院子，朋友们都已经参观酒作坊去了，我哎呀一声，怎么把今天的主项忘了呢？赶紧吧！三步并做两步，奔向酿酒车间。好啊，真是好啊，远远地，那酒糟的特殊香气就奔腾而来！这可是多年没有闻到的香气啦！

看酿酒师摊凉加曲，参观发酵车间、储酒大罐，一溜遭下来，我心里只有感叹：难道我们数千年的酒文化，只能在这些民间良心里延续吗？！那些号称建厂几十年、上百年的大厂，现在都在干些什么？酿制些什么？想不久前我去参观的一家大厂，在厂餐厅品尝着他们香醇的原酒，我问厂长："出了你家大院，我就喝不到这酒了吧？"他笑而不答，默认了我的问话。我感谢他在我面前的坦诚，虽然没有言语；但我更为他们的行为感到悲哀，今天的人们啊，只顾赚钱，而忘记了老祖宗留下的酒德和品德！

开饭了，几大盘杀猪菜摆了一长溜，那味道荡漾在人们笑逐颜开的脸上，那香气缠绕在每个人的眉眼间，这是人人熟悉的老味道、老味道啊！

老碾坊开坛了，人们止住了笑容，停止了喧闹，看得出，人人想解开那醇香的秘诀，可又不知从何说起。看神态，都被老碾坊那醇厚的酒香镇住了。我也愣住了，久违了，这醇香，久违了，这真正的原粮酒香啊，这才是酒之精灵，粮之精华！

我还有一个谜没有解开，我问主人："你还有个问题没有回答我，这会儿该解开谜底了吧，就是西壕村的名字怎么变成了老碾坊啊？"

主人慢慢站了起来，他说，我五年前回到故乡用纯粮酿酒，不到两年得到乡亲们的认可，同时也得到质检部门的认可，政府相关部门几次考察后，认为老碾坊代表了西壕村经济发展的方向，为地方经济的发展做出了贡献。经政府相关部门提议，民政部门批准，就用这酒的名字命名了村名，西壕终结了它的历史使命，老碾坊走上了新的征途。

掌声响起来了。我为我的朋友鼓掌，为有良心的酿酒人鼓掌。在这里，你永远不用担心喝到那一瓢酒精两瓢水、外加二两兑香精的工艺酒。

朋友们，干杯，为老碾坊干杯！

二〇一四年十二月二十二日，甲午年冬至记于包头暖石斋。十年后二〇二四年十月二十六日，霜降后三日改。

初品粹五
烧

　　那是六七年前的一天班后，在电台剪辑完节目已经晚上八点多了，当我打的走到银河广场时，接到美眉好友吕老师的电话，问我在哪里，我说刚从单位出来，正打的往家走呢。吕说，别回了，直接来乐园上一当饭庄吧。我心想，美眉啊，你好歹也是为人师表之人，难道这点礼貌也不懂，哪有过了饭点请人吃饭的道理？就婉言推辞，太累，不去了。但是，吕美眉大有我不去不罢休的劲头，电话里不断地说来吧来吧，是不是嫌我叫晚啦，等等。去吧，还说啥，谁让人家是美眉呢。

　　我是第一次来这个名称古怪的饭庄——上一当。

　　进得门来，服务员似乎知道我要来（是啊，谁这个点还一个人进这样的饭店吃饭呢），直接就把我引到二楼一个雅间。我站在雅间门口，眼一扫，就见圆桌已经杯盘狼藉，似乎已经接近尾声了。只听吕老师说，这位就是冯老师，来，先喝一杯。

　　听了这话，真有点气不打一处来，哪有这样请人的，叫得晚了不说，进门就让喝酒，又不是我迟到？心里这样想，还是接过酒杯，轻轻抿了一口。

"怎么样？"

一句"怎么样？"，我惊醒了，哪里是让我来吃饭，明明是让我来品酒啊！

我说："没喝出滋味。"

"那就再来一口。"

这第二口，我就用心品了一下——呵，好酒啊！纯粮酒啊！

"怎么样？"

"不错。纯粮酒。"

我话刚出口，众人就掌声四起了。

在掌声中，我又抿了第三口，让酒液在舌面四散开来，细细品那特殊的味道——高粱的香、玉米的醇、豌豆的甜，三味合一，清香无比！

我说："起码三种粮食酿的。"

掌声又起。随着掌声，正面一位长相富态、脸庞紫红、虎虎生气的先生喊服务员："上鱼！上菜！"。并把我叫到里边，坐在他的左手。

这时，吕老师才道出详情。原来他们今晚喝酒，众人在议论这酒的好赖，争持不下的时候，她说，我请一位大哥来给你们品品，这就有了中途请我来的举动。

而我身边这位闫先生，就是上一当饭庄的老板，也是今晚所喝酒的酒坊老板兼酿酒师傅。他很惊奇地说，这酒确实不止三种粮食酿的，是五种。是用鸿茅酒的基酒酿制方法酿制的。我说，难怪，香里有醇，冲里带绵，涩中带甜，原来不一般呀。

按规矩，我没问五种粮食的配比，是纯粮酿的就好，在酒精加水加香精的今天，能喝到这样的纯粮酒，就算烧了高香，还奢求什么呢？

这之后，我多次到闫经理的酒坊参观，品尝原酒，没有窖储过的酒，生，却有味道，那是真正酒的味道，充溢的是中华五千年酒文化的芬香，荡漾的是传统酿酒业良心的醇香！

二〇一四年七月二十九日应吕美眉之约记于阴山暖石斋，三十日改定。

第三辑 声屏内外

接受邀请

接　受　邀　请
——主持 558 文学网站的日子之一

小　　引

从 1999 年 7 月 8 日至 2006 年元月 8 日，我在包头电台新闻综合频率编辑、主持《558 文学网站》节目整整六年半，共 730 期，先后介绍过和走进直播间的本市作家有 120 人，170 余人次，他们是（以时间先后为序）：于富、秦新民、李汀、白涛、耿鹏彪、柳陆、贾志义、车玉、炎黄、戈非、宋阿男、冰峰、刘雪、兰草、朱丹林、戈峰、张树田、赵飞、郭长歧、乐拓、李春艳、乐乐、鲁默、李茹辛、刘永强、张树宽、布拉格、陈立群、温少波、史爱平、正北、郭福常、马振复、栗文光、赵剑华、戴辛、张秀玲、郭盛、马宝山、马端刚、史瑞、张我愚、那大中、王俊、康丕耀、刘静波、誓戎、崔美兰、刘树珍、贺志宏、王德恭、延青、杨挺、白峰、陈吟、王彦德、丁鼎、张玲玲、王兵、孟向东、李新民、葛俊仙、张玉荣、张贵、国凤、苏晗、修娜莎、曹冬峰、哈秀荣、薛飚、许淇、朱栋、　张福勋、张建中、苍塬、胡刃、何志华、叶文彬、杜萍、墨霞、张海魁、孟琳升、孟仲歧、王鸿应、李爱萍、高红芳、王素敏、王炜民、王松涛、冯利光、张雷、刘树元、张伟、王龙、郭瑞、关文盛、张一舟、李晓奇、张岩、靳秉岩、高青、肖宁、狄月媚、白驹、邓成和、孔繁珍、刘家祥、侯蕾、乔平生、蒙原、宋晓刚、银铂键、杨森茂、吕晴、王新洲、梁立东、杨旭、贺东冰、张钟涛、张崇溶等。采访过的市外知名作家有玛拉沁夫、邓九刚、冯苓植、杨·道尔吉、龚明德、牛志强、朱先树、曾纪鑫、陈鹤龄、莎仁托娅等，以及美籍华人作家陈屹女士、丹麦作家阿瑟先生。介绍中外文学名著和最新有影响的作品 150 余部，作者包括当代知名作家，如王安忆、铁凝、阿来、莫言、梁晓声、毕飞宇、毕淑敏、方方、周梅森、冯骥才等；播出鹿城文讯二百余条、中外文坛信息二千余条；介绍本市各书店新书 600 余部；接听热线二千余人次；特别值得一提的是，有 40 余位作家无偿为 558 文学网站提供了他们的作品签名本 600 余册，用做参加热线听众的奖品。他们是：柳陆、戴辛、崔美兰、马宝山、郭盛、冰峰、张崇溶、宋阿男、炎黄、伊德尔夫、郑少如、秦新民、白涛、赵剑华、兰草、贾志义、张秀玲、杨挺、王彦德、栗文光、丁鼎、刘雪、马端刚、修娜莎、墨霞、苍塬、李爱萍、苏晗、戈亘、李汀、张玲玲、李晓奇、张岩、肖宁、高青、狄月媚、乔平生、吕晴、邓成和、张钟涛。

下面的几篇文字，就是我根据节目记录、编辑手记、录音资料等所作的文字追记，以缅怀那段可资纪念的日子。

一九九九年六月中旬的一天，我突然接到包头电台文艺中心主任崔九华老师的电话，请我立即到台里一趟。我问啥事这么急，说是想请你做节目，详细的来台里再说。

我放下电话，立即驱车赶往电台。崔主任一见面就说，台里节目调整，要开播个文学节目，想请你做编辑。还没等我再问，崔主任就拉上我到了台长徐建生的办公室。

徐台长是老朋友了，不用寒暄，他开门见山地说，七月八号，电台进行节目调整。前些时候你不是建议开办个读书节目吗，还要为我们写稿。现在不是读书节目，是要开播文学节目，范围比读书更宽。现在找你来，是想请你办这个节目。

崔主任插话说，给你配我们最好的主持人晨娟。徐台长立即打断崔的话，说，不，不配主持人，就让传友自己主持，自己编辑自己播音。我急忙说，我的口音怕不行，我的胶东味太浓。徐说，这样不是更有特色吗。徐台长接着说，但是有一样，就是没有报酬，节目交给你，你自己去创收，以节目养节目。崔主任说，部里先给你两个月的补助，两个月后就自理。

我流露出了担心，不是考虑报酬，而是一是没经验，怕办不好；二是自己在企业担任领导职务，怕局里不同意。徐台长鼓励说，这些我都想过了，你的知识面完全可以胜任这个工作，至于你们局长那里，如果不同意，我们去做工作。时间很紧，就十几天的时间了，关键看你的想法了。我表示给我两天的时间考虑考虑，同时去征求一下局长的意见。接着，崔主任让我看了他简单设计的栏目。徐台长又说，这个设计你可以参考，也可以不考虑，以你自己的想法为主。你平时接触文学界的人多，他们喜欢什么，你就办什么。主旨是普及与提高，并在非黄金时段办出黄金节目。崔主任说，传友，不怕，有我们呢，我们一起干。

我怀着激动与忐忑的心情离开了电台。心里对自己说，这就是多嘴的好处。

时间要回到半年前，一次和徐台长同桌吃饭，我向他建议开播个读书节目，我说，现在读书气氛不浓，电台有义务进行引导，而且外省市有这样做的。当时徐台长说，正由于读书气氛不浓，节目开播后稿件就是问题。我说，我每周可以提供一篇。当时说到这里，话头也就打住了。没成想，半年后，台长先生还记得当时我说的话，不但是供稿，而是要我既编辑又主持，这不是自己找下的吗。想想台长又这样信任，只要局长同意，就干吧。

我赶到局里，时任一把手的杨家祥局长可巧因公出国了，副局长赵文亮对我说，这是好事情，应该干嘛，杨局长回来也会同意的。这还真让赵局长说准了。杨局长回来后对我说，我们商业系统能出个主持人，这是好事嘛，为什么不干呢？干得对。

第三天，我就给崔主任回话说，局长同意，我也决定干。

紧接着，就是和崔主任设计栏目，跟晨娟进直播间实习，同时，找时任文联主席的于富老师请求帮助，又拜访我高中时的老师秦新民先生等几位作家师友，请求他们支持。作家们听说电台要开办文学节目，非常高兴，纷纷表示大力支持。

有电台领导的信任，有文学艺术界朋友们的大力支持，我信心十足地开始筹备，为自己的文学梦开始了这长达六年半的玩票式主持生涯。

二〇〇六年四月三日下午，记于阴山暖石斋，十四日修改，五月三日再改。二〇〇七年七月二十二日夜加"小引"。

首次直播

——主持 558 文学网站的日子之二

一九九九年七月八日下午四点十分，"558 文学网站"第一期节目开播了。

虽然经过周密的节目设计，多次进直播间实习，也曾经多次主持过上千人的大会并讲过话，但是真正自己独立操作设备、面对两个频率覆盖的近三百万人的收听范围进行直播，心里还是没底。技术室里，台领导和部主任以及技术保障人员，都在监听；文艺中心的资深主持人张昆就站在我的身后，为我进行技术护航，以防万一。

台标曲过去后，我顺利地播放了"558 文学网站"片头曲，并按照事先拟好的播音词，开始了第一期 558 文学网站的节目介绍。还好，有了一个非常顺利的开头。我有些紧张的心松弛下来了，节目介绍的比较自然。

第一期节目，我是这样设计的：首先介绍"558 文学网站"节目开播的宗旨、时间安排、栏目设计等，之后请市文联伊德尔夫主席和文渊阁图书中心的马志龙经理谈他们对节目开播的意义。

558文学网站开播之初，设计了这样一些栏目：

鹿城文曲星：介绍包头本土有成绩、有特点的作家艺术家；

未来作家：请在校生中的文学爱好者谈他们的读书体会和习作；

作品欣赏：介绍古今中外的文学名著；

文坛信息：介绍新近发生在文坛上的热点新闻和动态；

敝帚自珍：普通的文学爱好者和业余作者谈自己的创作体会和习作。

在本周的台历上：介绍历史上发生在本周内的文学艺术大事。

这些栏目介绍完后，我向听友介绍了已经坐到了直播间的市文联主席伊德尔夫先生和文渊阁经理马志龙先生，并请他们开始畅谈对558文学网站节目开播的意义。我先请伊德尔夫主席谈。

伊德尔夫先生毕竟是市文联主席，经多历广，在话筒面前非常自然。他首先赞扬了电台领导的开拓精神，对开播这样一个节目表示了充分的肯定。他说，包头是内蒙古最大的城市，文学创作的实力也最强，有一大批作家和文学爱好者，每年都有多部文学作品问世。但是由于宣传阵地少，对外宣传不够，我们的作家作品和读者之间有个真空地带，作家的作品读者不了解或者根本读不到；读者也不知道包头还有这样一些作家。电台开播这样一个普及性的文学节目，立足于包头市作家群，这样对宣传包头作家作品，会产生非常积极的作用。他还说，作为文联主席，他将给予大力支持，并号召作协会员们积极支持。

文渊阁图书中心马志龙经理则表示，现在读书氛围不是很浓，电台开播这样一个节目，对群众的读书会起到推动作用。他希望节目多介绍一些新书和名著，作为图书经营者，他们也会对节目给予大力支持。

不知不觉，五十分钟就要到了，我们事先设计的内容也基本完成了。我和两位佳宾，很轻松地向听众朋友道了"再见"。

平时，五十分钟看似很长，但在直播间，却是这样的短暂。这也是主持广播的神奇处之一吧。

就这样，长达六年半、整整 730 期的"558 文学网站"第一期节目就顺利完成了。在技术室监听的领导脸上也露出了笑容。张昆说，挺好，就是语速有点快。

二〇〇六年五月三日记于阴山暖石斋。

持老师的支

我在决定接受电台台长徐建生先生邀请创办《558文学网站》节目之前，即跑到我高中时代的老师、包头市硕果仅存的建国前即开始文学创作的老作家秦新民先生府上，征求先生的意见，一旦决定接受邀请，也要取得先生的支持。

以我对先生的了解，我想先生肯定是鼓励我去。果不其然，我刚把事情原委道出，先生就极力鼓动我去，不但去，而且要办好。先生说，包头的电台电视台，还没有一档文学节目，包头创作队伍这么大，人员这么多，可是平台是太少了，关键是作家和读者脱节，许多作家的书印出来了，没有读者，而许多读者不知道包头有哪些作家，有了这样一个节目，就可以起到桥梁和纽带的作用。

听了先生这番话，我的信心更足了。

我顺嘴说，那您老开播时要去做嘉宾啊！先生很痛快地答应了。我又说，节目刚开播，听众不会多。先生说，没事，我是要支持你的节目，又不是为出名。

就这样，先生成为《558文学网站》节目开播第二期的嘉宾。因为我和新民先生有师生之谊，有二十多年作为文学话题的交流垫底，我二人在节目中自然是配合默契，完美得令人兴奋。

几年后，我接受《北方新报·包头版》主编蒋静女士的邀请开以介绍包头文化名人为主题的"鹿城名流"专栏，家人问，你开篇写谁呢？我说，这还用问吗？自然是秦新民老师啊！

是的，凡是稍微留意包头文坛或是教育的看官，对这位秦新民先生必不陌生，老人家虽然因为寿高八十有五近年不再执笔为文，但前几年，我们还是经常能品读到先生的妙文，聆听到先生的宏论。

翻开新版《包头市志》，可以看到这样的记载："1944年，包头籍青年学生秦新民，在陕坝《奋斗日报》上发表了处女作《给愁人》。继而在北平《太平洋》杂志发表小说《希望的破灭》。其小说《救星》曾获绥远省文学奖。""1949年包头和平解放前夕，秦新民的系列散文《伊克昭小记》、诗歌《锁》等，在报刊上发表。"新版《包头市志》共提到三位建国前即开始创作的本土作家，秦新民即其中之一，另两位分别是荣祥和韩燕如先生，他们二人1949年后先后去了首府呼和浩特，现已作古，只有秦新民先生一直生活在包头。

先生笔名罗甫，缘自《孔雀东南飞》中"秦氏有好女，自名为罗敷"句。他祖籍陕西，其祖父走西口来到包头，其父秦邦桢曾任包头县教育局局长。抗战时期，被傅作义任命为包头游击县县长。解放前夕，又出任过"民众教育馆馆长"。一九四九年初，兼任包头正心中学副校长。家学渊源，一九二七年出生的他，从小就迷上了各种书籍，读书时即开始了小说、诗歌和散文创作，从此美梦文学，不想一九五八年，因《内蒙古日报》上一篇文章而获罪，被打成"右派分子"、"开除公职、留用察看、降三级工资"，受尽折磨。文学梦破灭。冤案平反后，他又开始了文学之旅。

先生直面人生，嫉恶如仇，上世纪八十年代，他作为主发起人之一促成了包头市杂文学会成立，用杂文针砭时弊，揭露丑陋，会员的作品更是数次上《人民日报》和《求实》杂志。一九八九年，他又挑头创办了以中小学生为主要读者对象的德育报纸——《未来报》，并担任副主编，主持编务工作，一办就是十年，在全市中小学生中产生了广泛的影响。

先生曾说过，他这一生从事的职业有三种：教师、作家、编辑。而后两种主要是在退休以后干的。历数先生的创作，数字可达百万字，与人合作的《中学语文微型教案》（上、下册）不算，仅杂文随笔集就出版了两部——《愚者的思考》《罗甫随笔》。前几年又把在老年大学讲课的讲义整理成《话说诗词》出版。

秦先生现在虽然不再写作，每天仍然读书、看报、上网，仍然关注国家大事，关注民生民瘼。

二○一九年五月二十九日午时写，二○二一年十一月十三日改。

你能背〈漳河水〉？

——我做电台主持人的日子之四

558文学网站开播前几期的嘉宾，我请的都是包头文坛元老级人物。当时的想法，一是以他们的名望为刚开播的节目拉听众，他们写作的年头长，读者自然多，那么听众也势必会多；二是借和他们商讨节目内容的同时，向他们学习请教。

有了这样的想法，我第一期请的是市文联主席兼作家协会主席、小说家伊德尔夫先生，第二期请的是一九四九年前即开始文学创作的老作家、我的恩师秦新民先生，第三期也是包头文学界元老级人物、老作家、包钢第一任工地主任李汀先生。

这时，遇到故事了。

李汀先生是小说家，我购读过他的第一部长篇小说《出钢的地方》，老人家也送过我他的其他长篇小说和中短篇小说集、报告文学集等。

我的节目是直播，按我设计的播出风格和形式，我不写播出稿，只列提纲，我和嘉宾人手一份，根据提纲，按节目前两人商量的内容自由对谈。因为我准备请的嘉宾是小说家、诗人、散文家、评论家、剧作家等等，他们都是包头文学界有成就的人物，文学功底和表达能力是毋容置疑的，特别是我熟悉的一些嘉宾，谈起来更会是轻车熟路，不必担心。这是我的预想。

没想到，事情往往有它的另一面。

我和李汀先生在开始的十几分钟内，按照我列的提纲谈他的创作历程，老先生谈兴大发，侃侃而谈，我完全被他的谈话吸引住了，可是，不一会儿，我发现他根本不顾我们事先商量好的话题谈，那真是千言万语、离题万里。

我正琢磨如何把话题拉回到我的设计，继续按提纲来谈，突然，老先生话头一转，又接近我们的主题了——他讲诗人阮章竞在包头任职，突然问我，你知道阮章竞吗？我根本来不及正面回答，你想啊，他都跑题多长时间了，我哪还有时间和他多对话呢？我脱口而出朗诵起来——"漳河水，九十九道湾，层层树，重重山，层层绿树重重雾，层层高山云断路"，我对着话筒这一朗诵，您猜怎么着，您就看老先生的眼神吧，惊讶——赞叹——老人家开口说，你能背《漳河水》？！这时，我接话了。我说，我喜欢诗歌，新诗的几部长诗我大多读过，《漳河水》是新诗里的名篇，自然不能放过。

下面，您想吧，老先生这才又按我们预设的思路聊开了，节目很顺利地按照我预定的方案完成了。

其实我读《漳河水》是高中时代的事了，那时十大几岁不到二十，我做主持人时已经四十五岁，二十多年前的用功，二十五年后用上了！

过后想想，还真有点后怕，如果我没读过《漳河水》，如果我不知道阮章竞，那会是一个什么情景？面对老人家这一问，会有多大的尴尬？

我在中学毕业前后，读过大量的新诗，包括新诗里的几部叙事长诗，除《漳河水》外，其他如李季的《王贵与李香香》、闻捷的《复仇的火焰》、郭小川的《将军三部曲》、王致远的《胡桃坡》等，还有几部抒情长诗如贺敬之的《雷锋之歌》、集体创作的《理想之歌》、张永枚的《西沙之战》等。这些诗歌虽然质量不一，形式各异，但是它们开阔了我的视野，升华了我的审美，对我文学素养的提升起到了潜移默化的不可估量的作用，这在我之后的秘书工作和文学节目主持工作中得到了很好的印证。所以，我主张，青年朋友应该趁年轻，大量进行阅读，甚至背诵，年轻时候下的功夫，会让你一生受用无穷。

打这之后，李汀先生对我另眼相看，很喜欢和我聊天，偶尔我们还相互交流读书心得。我在之后进行《诗人笔下的包头》一组文章的写作时，手边没有《阮章竞诗选》，先生慷慨地把他的珍藏借我使用，并表示，在他百年之后，把珍藏的四五百部作家签名本赠送给我收藏，希望我能据此写出一些东西。我在为《包头广播电视》报主持《包头往事》版时，向先生约稿，先生为我写了《〈护士日记〉在包头》，并拿出珍藏的有导演淘金签名题字的《护士日记》导演本，让我拍照翻阅，并说，这以后也是你的了。

二〇一七年六月六日写了开头，因故中止，竟拖延一年有余，二〇一八年十一小长假在家休息读书，三日夜续写，交子夜时写毕。

附记：此文写毕时，李汀先生离开我们和他热爱的文学事业几近一年了。先生在去世的半年前，来电话问我有没有习近平总书记的书，我马上把当时手里的《之江新语》和上一年《包商时报》的合订本送到先生府上。其时先生正在创作一部长篇小说。先生和我聊了几句，然后陷于沉思，过了一会儿对我说，我热爱文学，热爱创作，但我写了那么多，今天来看，是没有什么文学价值的，现在正在写的这部长篇，也不会提高到哪里去，只能给读者留下一点资料，留下一段历史吧。

先生的话，让我很吃惊，也让我更加敬佩。一位年届耄耋的作者，能否定自己一生的创作，这需要多大的勇气啊！

我知道先生在写长篇，不该打扰，除和几位年轻的作家朋友陪先生去了一趟黄河之滨外，有半年时间不曾打扰先生，再得到先生的消息，则是先生住院。我当日即赶到医院，先生在沉睡，其子俯身在先生耳边说，小冯来看你了，冯传友来看你了，先生的眼睛似乎动了一下，但没有睁开，应该是无力睁开。我示意不要惊动先生了。第二次去先生还是在沉睡。两天之后，先生就永远地离开了我们。

收藏"美酒"

——剪报乐之一

这篇文章题目中的"美酒"是打了引号的。

我参加工作之初，在糖业烟酒系统，也就有机会接触许多酒类商品，什么白酒、果酒、黄酒、药酒、啤酒，包括散装白酒、薯干酒；既有正规名厂如茅台酒厂、五粮液酒厂等的名酒，也有地方厂的地产名酒，如二锅头等；甚至还有生产队、养牛场酿制的散酒，如黄河乳牛场、高油坊等的散白酒，等等，等等。因此，就逐渐对酒产生了兴趣，既有品的兴趣，也有收藏的兴趣，更有研究的兴趣。

那时候，资料少的可怜，书店除了红宝书外，没有几本其他读物，想从读书途径上对酒有所了解，真是难啊。怎么办？没办法。这样就过去了两三年，我被领导安排到烟酒公司担任秘书工作，有报纸可看。我发现报纸上偶尔还有一两篇关于酒的文章，我大喜过望，赶忙装订了一个本子，把报纸上的文章剪贴下来，作为我学习的资料。经年累月，剪报就有了厚厚的一大本。这里，既有国酒茅台，也有五粮液；既有白酒，也有色酒；既有酒的知识，也有酒的故事。酒的剪报，成了我了解酒知识的好友。在糖酒公司四年的秘书工作中，我平均三天出一个材料，从没有出过差错，剪报本功不可没。

之后，我调到了上级机关担任秘书。一年，机关分福利，其中每人一瓶国家名酒——泸州老窖特曲。我代表科里去领时，却少了一瓶泸州老窖，给了一瓶黄鹤楼顶替。这回去怎么交代？虽然那年黄鹤楼刚刚评上国家名酒，但名气毕竟还不如泸州老窖。我就对分酒的科长提出异议，要求换成泸州老窖。那位科长没好气地说，换什么换，不都是名酒吗，什么也不懂！

听科长这么说，我真是气不打一处来，非坚持让科长换成了泸州老窖。换了就完了呗，不，我利用手中掌握的资料，一口气写了九篇关于酒的知识和故事，在日报上用本名发表，那用意明眼人一看就明白的。当时有一位科长对我说，你这是向老业务发难啊。这之后不久的一次饭桌上，当时分酒的科长当着众人面对我说，没想到，你年轻轻的对酒还这么有研究。现在想来，这都是年轻好胜使然，有这个必要吗？但是有一点，如果没有我的剪报，我拿什么写呢？这是显而易见的。

进入新时期，百业兴盛，各类出版物琳琅满目，酒知识的图书就成了我收藏和阅读的重点。我如饥似渴地大量阅读，从理论上掌握其要领。后来，我又有机会参观了五粮液和汾酒厂，对酒的生产工艺和流程有了感官上的了解。这些，对我的工作和生活，都增添了不少乐趣。我曾经在饭店让老板不敢上假茅台，曾为同事辨别了已经购买了的假茅台，挽回了数百元的损失。

至今，我已收藏酒知识图书三十余种。当然，当年的剪报本还在，它已成了我近八十本剪报大家庭的元老了。所以，本文的题目中，"美酒"是打了引号的，那是纸上"美酒"，而不是瓶中美酒。

二〇〇六年四月二十八日下午记于阴山暖石斋。

收藏书话

——剪报乐之二

在我的剪报王国里，"书话"是一个大家族。一般的剪报，实行计划生育国策，各类仅有一两胎，而"书话"却像黄宏和宋丹丹的超生游击队，带点控制不住，目前已达十几胎之多，而且还有不断增长的趋势。当然，因为能读到的报纸越来越少，那增长的速度是大大地放慢了。

书话剪报虽然兄弟众多，名目各异，但血脉是相通的。老话说，万变不离其宗，我的书话剪报是"万变不离其书"。且看各剪报册的名目，即有：书话、读书乐、品书、品书人语、品书札记、书缘、书苑、序跋、藏书、版本考等，基本上是不离一个书字。

从年龄上讲，老大应该是"品书札记"，已届二十岁。这个名字袭用了《人民日报》上的专栏名字。二十年前，《人民日报》上开了个读书专栏，就叫《品书札记》，专门发表各类图书的介绍文字或者读书随笔，我就以此为主剪报存阅，成了我书话剪报的老大。

排行老二的应该是"读书乐"。这也是套用了一个现成的名字，而且基本上是专用的名字。上世纪八九十年代，上海《新民晚报》有个《读书乐》专版，发表一切与书有关的文章，而且还有藏书票，编辑是著名的曹正文先生。这是我非常喜欢的一个版面。开始，我是有选择地剪贴，后来干脆整版剪贴，从一九九一年起至一九九八年止，断断续续剪贴了两本半。由《读书乐》的引荐，我又结识了成都的《读书人报》，虽然这张报纸的寿命很短，却是中国读书界值得骄傲和纪念的。我自装的合订本至今仍是我常翻阅的读本。

老三和老二是同年所生，名字最正宗——书话。它主要剪自《人民日报·大地》副刊、《新民晚报·夜光杯》副刊、《中国青年报·绿地》副刊、《羊城晚报·花地》副刊及《书报摊》副刊、《中华工商时报·读书随笔》副刊以及《中国文化报》《文汇报》《北京日报》等。

老四《书缘》也值得一说。它主要剪自除老三以外的报纸，主要有：《新闻出版报·心潮》副刊、《羊城晚报·书趣》副刊、《中国财经报·集贝》副刊以及《内蒙古日报》《中国档案报》《中国核工业报》《中国质量报》等。

老五《书苑》与老四同年，也是一九九五年。老四在年初，老五在年尾。老五基本上也是专用名字，所剪贴的文章大多来自《中国经营报·书苑》副刊，个别篇章剪自他报。其最大特点是谈经营的图书多些，这与它的专业特色是分不开的。另外，今天谈《红楼梦》的文章和图书多如牛毛，十年前，《中国经营报》就有专栏说"红楼"，而且谈的很到位，比那些所谓大作家扑风捉影的歪论要高明的多。

其他各兄弟也都有些说道，但限于篇幅，就到此吧。

近些年，书话类图书出了很多，但它们替代不了我的剪报，"尺有所短，寸有所长"，书、报各有自己的长处，将它们互补地利用，对我们的学习是大有裨益的。

我爱我的"书话"剪报，我珍惜我的"书话"剪报。

二〇〇六年四月二十八日傍晚起笔，友人来访小酌中断，子夜续写，前后费一时半，二十九日凌晨一时半写毕。

收藏："敕勒川"

——剪报乐之三

《敕勒川》是《包头广播电视》报的文学副刊，其前身是《鹿城茶坊》。这是我喜欢的副刊之一。

记不得从什么时候开始，我发现《包头广播电视》报居然还有文学副刊，而且办得品位不俗，让你一读就爱不释手。待到我应邀到电台主持节目并在电视报上开了节目预告专栏以后，电视报就成了我每周必读的报纸，《敕勒川》副刊也就成了我阅读的重点版面。

这里不仅有小说、散文、诗歌，如果仅仅是这样，那她对我不会有这么大的吸引力，买本文学杂志看要比这更文学，更直接。关键的是，你在这里可以读到大量的杂文随笔、书话小品、地方风物、民俗风情、方言土语、本土名家等你在其他报刊难得一见的文章，可以从这里感知包头的历史文化、民俗风情、现实状况；可以从这里窥到包头文坛现状之一斑。因而，我对她的偏爱，要远远超过其他报纸副刊。

面对如此美文精编，我的剪报家族又增添了新的成员。开始，我是有选择地对《敕勒川》（包括《鹿城茶坊》）上的文章进行剪贴，以便慢慢品读，或留存资料。这样剪贴了一段时间后，我发现每期可留存的文章多，废弃的少。而且当时以为没什么重要价值被废弃的，过后想想还是可存的。于是，我就采取了整版留存的方式进行剪贴。虽然由于种种原因报纸收存的不全，但至今也已按年度剪贴了三大本。

一般的报纸中缝是广告专用区域，对这样的报纸如果收藏整版，可以利用中缝的位置进行装订，不必另行剪贴到本子上。但《包头广播电视》报不是这样，她的中缝也是正文的内容，和版面是一个整体，这样，你如果整版保留，那就只能进行剪贴，而且需要一个和版面大小相当的本子，只有这样，这项工作才能完成。我的《敕勒川剪报》，用的就是四开的特制本子。这样的本子虽然太占地方，但还是方便收存和阅读的。现在，她已经成了我经常翻阅的剪报之一。

秦新民先生的随笔《沧桑话稿费》，让我了解了共和国五十年来稿费标准的大致情况，由此看出了知识分子所付出的劳动在当政者眼里的分量；栗文光的杂文《芥末居杂记》系列，让我看到了文革中以及街坊邻里某类人的心态和嘴脸；胡云晖的《俚俗杂记》和《方言探微》系列，让我对包头的风俗和方言有了更加深切的了解；由李野先生引发的"包头新景点"的讨论，令我对建设文化大市有了自己独立的思考；"本土名家"系列，让我看到了包头文化艺术界的人才济济；白涛的《马背长调》让我对蒙古族增加了更深切的理解和崇敬；而其乐的"华夏行赋"系列，则引领我游历了祖国的名山大川……

《敕勒川》的风景是美不胜收的，《敕勒川》的华章是琳琅满目的。为了将这些美景进行集中展示，让更多的人领略她的芳姿，在内蒙古第二届国际草原文化节召开之际，编者将几年来《敕勒川》上的文章进行了精选，编辑出版了《敕勒川文选》一书，成为了每一个喜欢《敕勒川》

的读者和作者的心爱之物，她也成了我案头的常备书。但她毕竟是选本，没有我的剪报齐全，有条件我还是要剪贴下去的。

　　二〇〇六年四月三十日午后记。开机后挂上了 QQ，金力用网名来访，误为呼市朋友。一笑。

忆年画的记

　　周一近午，外出买药，药店隔壁就是那家我曾经写进《中国旧书店》的木林书店，那就先进去看看，出来再买药。

　　看了一圈，并没有找见店主昨晚在群里说的毛边本，倒是一套残缺的《百年潮》精品系列吸引了我，四种五本，全部拿下。付款时，在款台边上见到也是店主昨晚在群里发的《中国濒危年画寻踪》，见不到的话，我竟忘记了。赶紧按照书的后勒口所列书目对照，全套十三本，就差一本。看店的老人说，到里屋找找吧。我随他进了里屋，老人继续到外面忙活。找了半天，还是没有所缺的那卷。

　　一看表，十二点，食堂开饭了，赶紧付款，打的回到单位。望着这厚厚一摞的年画专著，我想，这里边有我小时候家里张贴的年画吗？思绪，像壶口瀑布般倾泻而下，势不可挡。

　　我小时候是在老家胶东乡下度过的。那时候，家里再困难，每到过年，母亲还是要从县城的书店里或者大集的地摊上，买回几张年画，每年必买的是灶王爷，然后就是精美绝伦的各式年画。我们胶东乡居，正房一般是三开间，中间一间是堂屋，一进门两侧各有一个锅台，东西两屋是居室。我家的灶王爷就贴在东侧锅台左上方，灶王爷夫妇一年四季就双目炯炯地看着我们每天做饭吃饭。过大年，家家户户要蒸枣饽饽，蒸发糕，新帖的灶王爷灶王奶奶这时也精神焕发，喜气洋洋地看着我们高兴。开春了，入夏了，秋收了，除了夏收割麦子时，偶尔蒸几笼麸拉卷子（一种全麦饽饽），其他日子，几乎都是煮地瓜，熬棒米面稀饭，偶尔贴几个粑粑（玉米面饼子）。这时你看灶王爷和灶王奶奶，好像对这些也不感兴趣了，无精打采的样子。长大后，我才醒悟，经过大半年的烟熏火燎，他们那光彩照人的模样早就不在了，在的是蓬头垢面，哪里还有什么精神可言呢？他们是神，他们是不吃你家地瓜，也不喝你家的棒子面稀饭的。他们吃不吃，小时候的我，根本不管这些，年底就盼小年赶紧来，母亲一定会在这天给灶王爷和灶王奶奶供一碟糖瓜（即麻糖）的，第二天一早，母亲说，灶王爷和灶王奶奶上天了，他们不舍得吃啊，你们吃了吧！这些被灶王爷灶王奶奶看了一天一夜没舍得吃的糖瓜，就成了我们姐弟俩的美味了。

我家的居室是西屋，四条屏的年画都是贴在西屋的西墙上的，如果还有单张的，就贴在西屋东墙窗窝子（在胶东乡下，堂屋锅灶上方和东西居室之间的墙壁上，有一个略呈长方形的洞口，用来摆放灯盏，这样，堂屋和居室可同时用一盏灯）右侧，有时候，买得多一张，就贴在窗户一侧。

到我上学读书以后，母亲买年画一般都要带上我，让我参谋，有时候姐姐也加入。母亲大多喜欢《白蛇传》《追鱼》《梁山伯与祝英台》之类，我则喜欢《穆桂英挂帅》《岳飞传》之类，记得《穆桂英挂帅》和《岳飞传》还是四条屏式的，还有一个四条屏式的好像是朝鲜故事《春香传》。我小时候知道的民间传说故事，有些就是从年画里获得的。

六十年代中后期我家进城的那年，墙上贴的是《梁山伯与祝英台》，虽然贴了快满一年，仍然新新的，搬家时真想带到城里，姐姐说路途遥远，还要倒车，不好带，就揭下送给邻居了。我心里难受了好长一段时间。进城后，姐姐不知从哪里找到一张《梁山伯与祝英台》的剧照送给我，我一直珍藏在一个笔记本里，直到进入新世纪，我有了自己的居所，打了几个书柜，这张剧照就摆放在了书柜里。它和当年的年画不同之处是，年画是彩色的，剧照是黑白的。

进城以后住平房的那些年，家里每年照样贴年画，倒是灶王爷和灶王奶奶，城里买不到，就再也无缘给他们二老供糖瓜了。

甲午年正月十四上午写之半，元宵节夜，伴着屋外连续不断的鞭炮声写毕。

我的电脑桌

　　我的电脑桌是组合式的，一看就不时尚，但它实用，两年来，我对它已产生了感情，每天下班回到家里，就要先看它一眼。

　　那是两年前，我终于有了一间十平米的书房，可以把电脑从办公室请回家了。我和同事到家具市场踅摸，想买一个既实用又经济的电脑桌。正巧，一位武汉的家具商在撤摊，将一个原价 1500 元的电脑桌削价 800 元出售，我没还确价，问老板最低多少。老板说，诚心要，六百拿去。交款，成交。

　　这是一个拐把复合式多功能的伙计。桌面下，左侧是主机箱，正面是可装耗材的抽屉，右面是双门柜；右侧的拐把，用独立的单门三屉柜一角支撑。三屉柜上，我放的是喷墨打印机。

　　最可说的是桌面上的，分左右两组，左三层右四层。左面下层，摆放着显示器和音箱。我的音箱不高级，但低音炮还是可以的，打字累了，听听我喜欢的民乐和萨克司，还是颇有味道。中间一层，摆放着几本电脑书和工作日志，另有电子表、胶水、墨水、笔筒、裁纸刀、修正带等随时要用的物品。醒目的地方，摆放着我最喜欢的妻子的明星照。上面一层，由左至右，分别摆放着瑞德教育书店、包头书城每周需要介绍的图书和 558 文学网站每期节目的资料，这些图书每周一换，我也就每周能获得新的信息和知识。

右面一组，一层，摆放着随时要用到的笔记和资料夹。二层是编辑节目常用的工具书。这里有，《华文文学辞典》《中国现代作家大辞典》《中国小说辞典》《中国散文辞典》《中外作家作品简表》《中外文学人物荟萃》《历代诗词名句辞典》《古典诗词百科描写辞典》《20 世纪中国文学名作典藏》《中国读书大辞典》《青年必读书手册》《数文化鉴赏辞典》《中国藏书楼》《现代汉语词典》《四角号码新词典》以及《宋词三百首》《绝妙好词》和《自然科学小词典》等。

我这人太谨慎，对耳熟能详的知识，做完文案后，也要查对资料，进行核实，工具书放在手边，方便。三层四层，分别陈列着几种报纸，有《中华读书报》《文汇读书周报》《旧书信息报》《文学报》《内蒙古作家报》《清泉》《日记报》《书友报》以及零买的几种报纸。前四种公开发行为我订阅多年，后四种内部发行，是主编每期寄赠的，也是我非常喜欢的，对我编辑文学节目非常有参考价值。我认为，要掌握文学的现状，了解读书界的动态，上述几种报纸是必不可少的。下面分别说说内部发行的四种报纸：

《内蒙古作家报》，是由内蒙古作家协会主办，于 2002 年 8 月创刊的内部资料。用发刊词的话说是：其创办的目的在于繁荣创作，壮大队伍；研究我区创作态势，纵览中外文学风云。该报是了解内蒙古文坛的最好窗口。不足的是周期太长，发行不及时。

《清泉》，内蒙古泽则书友会主办，半月刊，主编为我区知名书话作家、内蒙古卫视《蔚蓝的故乡·顶级探访》节目制片人张阿泉。2003

年 3 月创刊以来，旋风般地在全国读书界产生巨大影响。著名作家流沙河题写报名，于光远先生题写"畅所"栏目名。作者有海内外读书大家和藏书大家，如姜德明，龚明德、何满子、杨之水、谢其章、舒婷、周翼南、钟叔河、徐鲁等。

《日记报》，近日已由报纸改成杂志形式发行。是山东青年作家自牧和于晓明自费办的一份日记读物，在全国日记研究界、日记爱好者和中学生中间有着较大的影响。

《书友》，湖北省十堰市新华书店主办的内部报纸，一版为新闻版，四版为图书信息，二三版为读书版。这也是在全国读书界有着广泛影响的一份内部小报，作者多为全国读书界大腕，如谷林、车辐、龚明德、吕剑、王一桃（香港）等。

这就是我每日面对的电脑桌。

二〇〇六年四月二十六日记于暖石斋南窗下。

我的话剧情结

——写在内蒙古话剧团建团五十周年之际

上篇·话剧因缘

一个出身农家的孩子，能迷上话剧这个高雅的艺术，而且一迷就是大半生，是有其因缘的。

我是在小学将要毕业的时候，由胶东半岛的沿海山村来到包头读书的，一升初中，班里一位话剧团的子女李英超即引起同学们的注意，一是他人长得英俊，二是他会唱许多当时所谓的黄色歌曲，比如《喀秋莎》《莫斯科郊外的夜晚》《在那遥远的地方》等等。当年这些歌曲我们都是跟他学唱的。但那时我们不叫他李英超，而是叫他的小名冬生，只有女同学才叫他的大名。

那个时候，学习不紧张，今天劳动，明天开会，十几岁的孩子，正是好动且好学的时候，对学校的这种境况非常反感，但又没有办法。消极的是逃学，不是到学校后边的果园偷果子，就是到同学的家里打扑克。后来，我们又发现了一个好去处，那就是内蒙古话剧团，趴在窗子外面看演员排练，真是很有趣儿。

在这之前，我已经看过几场话剧，象《千万不要忘记》《槐树庄》《杜鹃山》等。那时，我一位同学的母亲在恰特影剧院把门，我们就利用这层关系，溜进去看戏。我特别爱看《杜鹃山》，大约看了有五六场。我一是看故事，二是看演员，故事已经都背下来了，演员却看不够，要知道，这出戏汇集了当时话剧团的全部大腕演员呵。我第一要看的是柯湘（她又扮演过蔡文姬），她演得太好了。后来我才知道她叫庆无波（文革结束后，我看过她写的影视剧本《此恨绵绵》）。我们看到的是舞台上的演出，就非常想知道他们是如何排练的。冬生这时就成了我们心中的英雄，他常带领我们到话剧团排练厅的窗外看排戏。看到演员们为了一个动作，或者为了一句台词，竟然反复多次排练。由此我悟到了一个道理，任何事情，要想取得成功，不下辛苦是不行的。我不再逃学了。这时也到了初三，学习抓得紧了，我们也知道学习了。但和话剧团的关系却更加紧密了，因为这时冬生已经提前离校，到了内蒙古话剧团，成了一名话剧演员。

这个时期的生活，我珍藏着的一张照片为我留下了珍贵的记忆。这是一张我和同学杨的俩人合影，我俩手握手面对镜头，就象今天的国家领导人接见外宾的握手合影姿势。我穿小翻领，他着西服结领带。处在文革时期的十几岁的我们，哪来的西服领带呢？冬生的父亲李波叔叔在话剧团搞道具，我们从他的办公室里见到了被老鼠咬破了的这条领带，这是我第一次见到以前只能在电影里才可以见到的领带，我们感到非常兴奋。冬生又发挥了他那特殊的知识——他竟然会打领带。他教会了杨打领带。我们商议，要留个纪念。于是，冬生又翻出一件里子已经破烂不堪的西服，我们就跑到白云路红旗照相馆，留下了这张值得纪念的合影。我想，在那样一个特殊的年代，除了我们这些天不怕地不怕的后生外，恐怕是没有人敢穿西服打领带去照相的吧。这张照片的特殊意义，也就在这里。

多年来，我对话剧的情结越结越深，只要有机会，就争取观看。内蒙古话剧团的主要剧目，我大多看过，有些印象非常深刻，非常喜欢。象早年的《蔡文姬》《万水千山》《第二次握手》，后来的《老油坊》《旗长你好》《司法局长》《我爱309班》；近年的《妇科专家》等。我还非常喜欢他们自创的一出小戏《情种》。我认为，这出戏无论是编剧，还是演员的演出，都有突破，题材上有突破，演出形式上有突破，更可贵的是他们观念上的突破，可惜，这出戏没有公演。

李英超（冬生）·赵淑华

说到话剧友人，首先要提到的当然是冬生。三十多年来，我和冬生既是同学，更是诤友。

冬生为人善良，交游严谨，肯于帮人。他虽好喝几口，却不强人所难。有几年，我的胃不舒服，我们在一起喝酒的时候，他喝他的白酒，我喝我的黄酒，其他同学想喝白的喝白的，想喝啤的喝啤的，从不叫号，非常融洽，有时连饭馆的老板也笑：看这几人咋喝酒？

冬生心细，他知道我喜欢吃生大葱，那年他到山东排电视剧《东方商人》，回来时就带了一捆章丘大葱送我，让我美美地享受了几顿。在这里，用"礼轻情意重"来形容恐怕也是不够的。

我们很少坐下来正儿巴经地谈学习、谈人生，大多是在酒桌上作为闲聊的话题。冬生常常提醒我，要我不要放下笔，要坚持写作。他还说，你要写点大的东西，搞点电视剧本。这后者，他每年都要提醒我几次。反给他人，也许就不会再提了。可惜我胸无大志，至今没有写出让人满意或者自己满意的东西。我想，冬生今后还会提醒我的。

说到冬生，则不能不提到他的夫人赵淑华。我们同学常到冬生家喝酒，这就给赵淑华要添许多麻烦，好在赵淑华是刀子嘴豆腐心，嘴上喊着不给喝，那里却做上了菜。她反对冬生抽烟，却给他买烟，反对冬生喝酒，却帮他买酒。看似矛盾，其实不然，这有作妻子的技巧在。我和冬生同庚，那年逢九，他给冬生织了一件红毛衣，同时为我也织了一件，这是我有生以来，第一次穿红毛衣。赵淑华爱看电视报，我有时在上面发点文章，她看后就要和我说说。作为一个爱动笔的人，哪有比读者的反馈更高兴的事呢。她后来搞了服装，找我买布料时，就讲价，说要为团里省点钱，说现在不容易，团里的日子不好过，那阵势，就象给她自己家买东西似的。

　　王小雷

　　王小雷是个奇才，在包头书画界，他的名声之大，非一般人能够理解。

　　我知道他的名字较早，直接来往，却是近十年的事。十年前，我在包头市商业局当秘书，办公室主任曾经当过小雷的小学老师。我的这位主任对小雷的艺术才分推崇有加，我也就耳濡目染的把小雷的名字灌在了脑子里。后来一接触，果不其然，厉害。

　　袁利坚住单身时，宿舍里挂着小雷书写的一幅"天道酬勤"小雷体隶书，我非常喜欢，就从阴山斋买来一幅现成的条幅，请小雷照样书写。小雷和我说，你也算个文化人，又好喝几口，"天道酬勤"给你，就俗了。我另给你个词。说着，奋笔直书："目送归鸿，手挥五弦，俯仰自得，游心太玄"。这是竹林七贤之一嵇康的诗句。小雷给我写的不是雷体隶书，而是草书，正配合了嵇康狂放不羁的性格，也暗合了我的性格。我叫声好。那个乐呀，就甭提了。

　　一年春节，在冬生家喝酒，我说去给小雷拜年不遇的事。冬生说今天在。我一打电话，果然在和友人喝酒。我说，小雷正在喝酒，现在去拜年空手不行。我顺手拎起冬生的两瓶酒过去。喝了几杯，要告辞。小雷说，年前裱好几幅字，你爱这东西，选一幅。我大喜过望，选了一幅曹操的诗句："慨当以康，忧思难忘；何以解忧，惟有杜康"。这又是一幅草体。从小雷对不同内容的条幅所选用的字体，就可以看出其艺术造诣之深。像曹操、嵇康这等人的文字，他用草体，以表现人物的性格和文字所表达的内容。

巴　图

巴图是话剧团的一个人物，也是我的一位老哥。早在冬生刚到话剧团工作时，我们就认识了，但那时没有来往。后来冬生住上了楼房，和巴图正是邻居，我也就和巴图有了直接的联系。

巴图书多，看的书也多。现在有这样一种情况，许多人买书不是为了看，而是为了装门面，为了摆设。巴图不是。我去过他家几次，每次去，都要看看他的书，和他聊聊书。我身边聊书能让我心服的人不多，巴图算一个。

巴图家的厅不大，布置的却别致，从半空中装修了满墙的书架，下面是个小巴桌。那天我二人对酌，记得喝的是白兰地，聊的是关于电影方面的杂志，具体内容已经忘了，有一点印象非常深，那就是，除了现任名酒城的经理贾文齐外，巴图是第二位和我喝酒聊书的人。可惜，他现在外出发展去了，很少再有机会对酌聊书了。

袁利坚是一位会生活的人。我和他来往时，他是单身，不知何时突然成了家，夫人和我同姓，我就戏称他妹夫，这一点，他认帐。因而就成了我有时在他面前摆谱的一点理由。其实真论起来，表演我不懂，喝酒喝不过，我并没有摆谱的资格。

我佩服袁利坚的是，他能把工作和休闲分开来，工作时认真，休闲时猛玩，这是当代人的素质，有人做不到。

袁利坚有个绝活，会讲高尔基的《海燕》，用他的家乡话，也就是乌盟话讲，非常逗。比如他讲到，"在苍茫的大海上，"甚叫苍茫哩？苍茫就是看不见，往远处看不见，（他用手比画着）黑板太小了，写不下了。再比如，"在乌云和大海之间"，甚叫之间哩？（他用手比画着大海和乌云之间的空白之处）就是核兄兄，就是核兄兄里头。每次喝酒时，我们都要让他讲一次《海燕》，每次都逗得大伙哈哈大笑。段子虽逗，但他还是非常地清醒。他和我说过，地方特色，虽然能取得某种效果，但还是有它的局限性。他以内蒙的武利平和东北的赵本山相比较，说，武利平的艺术效果，并不比赵本山差，可为什么走不出去，就是因为内蒙古的方言内地人听不懂，赵本山的东北方言，全国都能听懂。能听懂就有观众基础，听不懂，怎么普及？我认为，这是一个搞艺术的人的思考，能这样思考，在艺术上，就会有进步。我相信。

张　伟

张伟是我非常敬重的一位女演员，她人漂亮，戏也好，她的戏我爱看。

因为她是优秀的演员，观察事物就比一般人要深刻的多。正由于此，虽然我们联系不多，相互之间还是信任的，是了解的。

一九九六年，她和汤捷、冬生到长沙参加一个全国性的小品大赛，回来时给我带了一本《岳麓书院》，让我好喜欢。我没好意思问她，问冬生，张伟怎么知道我喜欢这类书。冬生说，她说你爱书，爱书的人肯定喜欢讲书院的书，人家就给你买了回来。我想，这就是张伟之所以是张伟的缘故吧。

几年前的一天，张伟给我打电话，说想请我给他们的影视班讲讲散文欣赏。我开始有些犹豫，不敢答应，加之有人劝我，不可以去讲，因为这些学员已经大三了，好老师经的多了，也气走了一些老师，而且学员又很傲，讲不好，把你在话剧团的名声也坏了。张伟说，你能讲好。我虽然有些不相信自己，但我相信张伟的眼力。我分析了她给我的学员的散文读物，又向几位学员了解了他们以前的学习情况，心里有底了。我把主题放在了"散文与话剧的关系"上，结果大受学员的欢迎。这件事，我得感谢张伟，感谢张伟给了我机会，感谢张伟给了我信心。

李　瑛

李瑛是内蒙古话剧团前任团长兼书记，是我的一位兄长式老友。三十年前我就认识这位后来成了话剧团台柱子并担任了团长的英俊演员，只是二十多年联系较少，是一次途中偶遇，把我们的关系一下子拉近了，我才感到了他的平易近人，他的可交。

一九九四年初夏的一天，我由南京赴青岛，一觉醒来，车已经到了蚌埠。我和同伴说，你继续睡，我看看这趟包头车上有没有熟人。我顺着卧铺车厢走，刚进下一节车厢，只听一声洪亮的声音传来——传友……我循声望去，李瑛团长在车厢中间朝我挥手。二人车上相见，正应了古人关于人生四大喜事之一的"他乡遇故知"。寒暄几句后，我二人相约早点以酒代替。我回车厢取上杭州友人赠送的瓷瓶洋河大曲，李团打开他已经买好的啤酒，就着香肠和榨菜边聊边喝。嫂夫人刘大姐不喝酒，陪我俩聊天。我们从早上八点半，喝到中午我在济南下车。他给我讲这次去日本看女儿的经历和观感，讲团里的戏；我讲这次江南之行的经历和我与话剧团的关系。二人越说越投机，越说越近乎。这次偶遇，使我认识到了李团的为人和他的事业心，也让我感到了他的平易近人。

车上偶遇十年来，话剧团每排新戏，他或自己通知，或让他人转告，必让我去观看，还经常问问我的观感。我感到，这是一位真正的艺术家对待戏迷的诚恳态度，是一位领导者的胸怀和气度。

话剧团还有我许多朋友，如已故的长辈谷子、李波叔叔；如今天虽退休却仍活跃在某些场合的张启顺叔叔，如汤捷老兄；如李建平副团长，以及程雅娴、白凤茹、靳若刚、王文学、王晓宪、张成武、梁琪、陆培志、齐文强、张根柱、丁文辉等，还有在外发展并已取得成绩的郑小宁、丁勇岱、魏大鸣几位老弟。限于篇幅，就不能一一细说了。我感谢话剧团的朋友们多年来给我的友谊，是你们让我在物欲横流中，没有沉沦，没有离开艺术，没有离开真善美。

在庆祝内蒙古话剧团建团五十周年之际，我写下如上文字，以此作为纪念，并衷心地祝愿我敬佩的艺术家朋友们青春永驻！

传友附记：这是二十年前内蒙古话剧团成立五十周年时，我写下的文字。二十年过去了，内蒙古话剧团早已更名为内蒙古话剧院，我文章中写到的朋友大多也已经退休，老团长李瑛则在两年前离我们而去，但他们塑造的艺术形象却永远活在我的心中。话剧院也随着时代在不断进步，剧场更新高大上了，新人在茁壮成长，剧目也不断有新品种上演。这是令人高兴的事。我是不是该写点新的文字呢？

二〇二四年十月二十八日

三十年前的领带梦

——我这三十年（之一）

我珍藏着一张三十余年前的照片。照片中我和同学杨新英手握手面对镜头，就象今天的国家领导人接见外宾的握手合影姿势。穿拉锁翻领的是我，着西服结领带的是杨。今天看来这张照片再普通不过了，甚至有些过时，但在三十几年前的"文革"时期，它不亚于一张艺术照。它见证了在"文革"那个特殊时期，年轻的我们一段特殊的经历和友谊，也蕴含着年轻的我们的一个梦。可处在文革时期的十几岁的我们，哪来的西服领带呢？

我是在小学将要毕业的时候，由胶东半岛的沿海山村来到包头读书的，一升初中，班里一位话剧团的子弟李英超即引起同学们的注意，一是他人长得英俊，二是他会唱许多当时所谓的黄色歌曲，比如《喀秋莎》《莫斯科郊外的夜晚》《在那遥远的地方》等等。当年这些歌曲我们都是跟他学唱的。但那时我们不叫他李英超，而是叫他的小名冬生，只有女同学才叫他的大名。

那个时候，学习不紧张，今天劳动，明天开会，十几岁的孩子，正是好动且好学的时候，对学校的这种境况非常反感，但又没有办法。消极的是逃学，不是到学校后边的果园偷果子，就是到同学的家里打扑克。后来，我们又发现了一个好去处，那就是内蒙古话剧团，趴在窗子外面看演员排练，真是很有趣儿。

在这之前，我已经看过几场话剧，象《千万不要忘记》《槐树庄》《杜鹃山》等。那时，合影照中新英同学的母亲在一家影剧院把门，我们就利用这层关系，溜进去看戏。我特别爱看《杜鹃山》，大约看了有五六场。我一是看故事，二是看演员，故事已经都背下来了，演员却看不够，要知道，这出戏汇集了当时话剧团的全部大腕演员呵。我第一要看的是柯湘（她又扮演过蔡文姬），她演得太好了。后来我才知道她叫庆无波（文革结束后，我看过她写的影视剧本《此恨绵绵》）。我们看到的是舞台上的演出，就非常想知道他们是如何排练的。冬生这时就成了我们心中的英雄，他常带领我们到话剧团排练厅的窗外看排戏，看到演员们为了一个动作，或者为了一句台词，竟然反复多次排练时，我悟到了一个道理，那就是做任何事情，要想取得成功，不下辛苦是不行的。我不再逃学了。这时也到了初三，学习抓得紧了，我们也知道学习了。但和话剧团的关系却更加紧密了，因为这时冬生已经提前离校，通过招考到了内蒙古话剧团，成了一名话剧演员。

我升入了高中，新英则四处干临时工，这时的我俩，仍然经常到话剧团看他们排练，找冬生玩。一天，我们玩累了，就来到冬生父亲的办公室休息。其父在话剧团从事道具工作，办公室里到处是演出服装。突然，我们在衣服堆里发现了一条被老鼠咬破了的领带，这是我第一次见到以前只能在电影里才可以见到的领带，我们兴奋极了。冬生又发挥了他那特殊的知识，他竟然会打领带。他三下两下就教会了新英打领带。

我们商议，要留个纪念。于是，冬生又翻出一件里子已经破烂不堪的西服，我又回家取来一本自制的精装书，然后就跑到白云路红旗照相馆，留下了这张值得纪念的合影，新英还单独坐在书桌前，拍了一张阅读精装书的照片。

当时为我们拍照的师傅，新英认识，就是这样，她开始还有些顾虑。当我们向她保证照片洗出来后绝不扩散，仅留作纪念时，她才答应为我们拍照。也许是多年来每天面对的就是中山装那单一的装束，也许是多年来的摄影艺术得不到发挥的压抑，她在答应为我们拍照后，就像换了一个人似的，精神焕发，为我们摆姿势，调灯光，根本看不出刚才的顾虑了。照片出来后，看着我俩那独特的姿势，那少有的装束，那几乎不是自己的自己，我们兴奋得几乎发狂。

照片拍完十年后，改革开放已经进入第五个年头，我带职考上了大学，同时拥有了属于自己的第一条领带。我身穿港式背带裤，佩戴着花红的领带，坐进了大学的课堂，开始了我新的生活。

今天，看着衣柜中悬挂着的金利来、鳄鱼等名牌领带，三十年前的梦早已实现，但那条剧团道具领带，却让我难以忘怀。

二〇〇八年四月十日下午，改定于阴山暖石斋。

第四辑

学农逸事

黄瓜集资"买"

——学农逸事之一

　　上个世纪六十年代末七十年代初，正是"文革"时期，在当时国家主席毛泽东的号召下，没上过几天课却熬到了年头的初高中"毕业"的知识青年，告别父母和亲友，离开城镇，奔赴农村、牧区、边疆安家落户，接受所谓的贫下中农再教育。我们这些刚进校门的十三四岁的中学生呢，虽然不下乡，也要到农村进行短期学农，接受再教育，时间一般为每次一个月。初高中期间，我曾经到过四个村子，在每个村子里，都发生过故事。下面就先来讲在第一个村子——曹家营子发生的故事。

　　曹家营子原是包头市昆区的一个城边村，随着城市的扩大逐渐变成了城中村，前几年搬迁到几里地以外的城边新村了。正是由于当年它的距离近，学校选择了这个村子开展学农。也正是由于它的距离近，故事就更多一些。

　　这里粮菜兼种，以菜为主，大凡内蒙古中西部能生长的蔬菜，几乎都种，什么辣椒、茄子啦，豆角、白菜啦，黄瓜、柿子啦，应有尽有。那时不像现在，什么东西都可以随便买到。那时的蔬菜要由蔬菜公司统一收购，菜农是不能随便卖的。

一天夜晚，有位同学说，他发现从一个老乡家里可以买到黄瓜吃，但必须是夜晚才卖。那是什么年代啊，不像现如今的学生，兜里有一把一把的大票子，那会儿许多同学的兜里连一分钱都掏不出来。怎么办？凑份子呗。就像今天的集资，有钱的都拿出几分几毛。结果还不错，够买几斤的。这位同学又点名带上两位走了。好大一会儿工夫，黄瓜买回来了。有人说，你们怎么去了这么久，是不是在路上先吃了？买黄瓜的同学说，老乡不敢卖，要等街上没人了才卖给我们。同学们感恩戴德般地说开了好话，边说边分享开了这难得的美味。

一连几天，我们每晚都集资买黄瓜吃，偶尔也能买回西红柿。但我发现，宿舍里的烟味是越来越浓了。我知道，同学里有许多人抽烟，只是在学校时怕老师看到，背着人抽，来到农村以后，因为老师单住，同学们干脆就公开抽了。我虽是班干部，但对同学们抽烟，不赞同也不反对，从没向老师打过小报告，因此得到了同学们的拥护。但近来他们似乎有点反常，抽的烟由原来几分钱一包的，变成了两毛三分钱的太阳，偶尔还有两毛六的黄金叶。一位同学解释说，前两天回家时偷老爸的。

是啊，半个多月了，我也该回家看看爸妈了。许多同学回家不和老师请假，就和我打个招呼，反正第二天一早就回来了，不影响下地劳动。我不行，班干部嘛，需要和老师请假，要不晚上一旦有事找不到我，还不爱剋啊。于是，请假，回家，按时返回。

回家归来的第三天，班主任把我叫到他的宿舍，两位学校政工组的老师铁青着面孔坐在屋里，旁边还有两位老乡。班主任老师问："你前天回家干什么了？""看爸妈呀。""除了看你爸妈，还去哪里了？哪也没去，就在家住了一晚上，早上爸爸骑车送我回来的。""哪也没去？""哪也没去。那天还有谁回去了？""平时有人回去和我请假，那天我也回去了，就不知道有没有人回去，我也没问。"老师说："那天还有人回去，你不是和他们在一起？""不是。我不知道他们谁回去，也没人和我说。"

一番严厉的盘查后，老师估计我没有说谎，才交代了原委。原来，在屋里的一位老乡家里养的狗就在我回家的当晚丢了，有人看见是我们学生偷走的。学校也有人看见当晚我们班里有人回去过。政工组的老师就是为这事来的。一来是调查，二来是缓和和老乡的关系。这时，一位政工老师发话了："看看你们，你们是来向贫下中农学习的，这可倒好，偷开了贫下中农的东西！还有，队长反映，他们菜地里的黄瓜和西红柿，自从你们来了以后，也是经常丢，与你们有没有关系？"

我听了这话，心中的疑团解开了，什么偷你们老爸的黄金叶，那是用同学集资的钱去买了烟，然后再到菜地偷队里的黄瓜交账。我真佩服这些同学的聪明才智了。但心里也暗暗生气：黄瓜偷就偷了吧，还偷开了狗？你们养得起吗？连人都吃不饱，哪有粮食喂狗呢？你们早不偷，晚不偷，还偏偏在我也回家的时候偷，怪不得老师怀疑我呢。

这时，老师发话了："去，把那天回家的几位给我叫来，让他们把狗送回来。"

我跑步回到了宿舍，把刚才的事情和那晚回家的几位同学一说，他们也紧张了。一位同学说："我们那晚回去你也不知道啊，老师怎么知道的。""学校有人看见了。""什么，有人看见了？那我们杀狗他们也看见了？""什么？狗让你们杀了？""肉都吃到肚子里了。""坏了，坏了，老师还让你们把狗送回来呢，怎么办，你们自己去吧。"

这件事的结果是，丢狗的老乡狮子大张嘴，让赔一百多，赔偿的金额怎么也降不下来，连老师也觉得他们有点过分，可没办法，谁让你吃了人家的狗呢。最后赔偿了七十元。七十元哪，那个年代的七十元哪，是一个普通工人两个月的工资啊！也是一个家庭两个月的生活费啊！可不赔又能怎么办呢？学校的老师还是臭老九啊，他们在贫下中农面前，怎么敢为犯错误的学生说硬气话呢？何况你的学生犯到了人家手里。

这件事情以后，这里是不能再来了，以后的学农就转到离市区数十里的西郊去了。

二〇〇七年十月三十一日夜构思，次日午前记于阴山暖石斋。

要鱼不要腚

——学农逸事之二

柴脑包是包头西郊哈业胡同乡境内三湖河南岸的一个村子。那时，乡不叫乡，叫公社。所以我们去的是哈业胡同公社柴脑包大队。我们住在和它隔河相望的一个很小的自然村，仅有十几户人家，几十口人。

那时的我们，在城里哪见过什么河啊，东河槽没水，昆都仑河干碗儿，只有在下暴雨时才有洪水路过，雨停了，水也就没了。虽然黄河挺近，也没有条件去。这次见到了真正有水的河，那个稀罕劲儿就甭提了。

三湖河由西向东缓缓而来，河边茂盛的芦苇芦花摇曳，间杂着的香蒲蒲棒飘香，河里的鱼儿悠闲地游动，引得同学们急不可耐地要下河逮鱼，然而由于纪律严明，还是控制住了情绪。可这情绪的控制，也就是几天的事，三两天以后，我们就尝到了河鲜。

三湖河鱼儿的吸引力要比学农大多了。在安顿下来以后，班里几位胆大的同学瞒着我们几位班干部，偷偷到河里逮鱼。他们一下河，就被脚下的硬东西硌住了，摸起一看，是硕大的河蚌。但同学们不认识，他们只得偷偷又把我叫来，让我看这是什么玩意儿。我一看，乐了，说，先别逮鱼了，就摸这个吧，好吃着呢！如是，几个同学纷纷下水摸开了河蚌。这里的河蚌多得令人吃惊，一脚下去就能踩到一个，有时甚至是几个。不大一会儿工夫，我们就摸上来一大堆，几个同学脱下衣服，用衣服兜着拿到伙房。给我们做饭的老乡见到这玩意儿，说，娃娃们，这东西不能吃。大伙儿看着我这位海边长大的同学，眼神里发出了疑问：到底能不能吃。我说，洗吧，能吃。你们不敢吃，我先吃。这时我才明白了，三湖河里的河蚌为何多得出奇，原来当地人不吃啊。

我让做饭的女同学按照我们烟台海边水煮海蛤蜊的方法，把河蚌洗净放在凉水锅里，放点盐，就煮开了。一会儿，河蚌就张开了嘴，露出了那黄里透红的蚌肉，真是诱人。这时，我肚子里憋了两三年的馋虫，早憋不住了，从锅里捞出一个就吃开了。同学们见我吃开了，呼啦一下围了上来，纷纷大嚼开来。有的说，好吃；有的说，什么啊，嚼也嚼不烂。我仔细品品，还真是的，和海蚌的味道差远了。可十几岁的我，也就会一个水煮，要是放到现在，那可就成了上等的美味了。

吃了河蚌，同学们还是惦记着河里的鱼。就这三两天的工夫，他们不知怎么就知道河里有老乡下的捕鱼迷魂阵，几个同学就钻进去开始逮鱼。由于是在迷魂阵里，鱼自然好逮。就在同学们逮得上劲的时候，负责放哨的同学发出了信号：放迷魂阵的老乡来了。于是，水里的同学急忙上岸，连衣服也顾不上穿，把鱼兜在衣服里，光着屁股撒开丫子就跑。他们自然不敢往村里跑，既怕老乡看到，更怕女同学看到。兜了很远的圈子，才回到村子。自然，做饭的老乡这次不说鱼不能吃了，而是偷偷为我们炖了起来。正由于有了这样的趣事，"要鱼不要腚"，就成了我们初中时代的佳话，而且一直流传到今天，几乎每次老同学相聚，都要回顾调侃一番。

我住在一位崔姓人家。家里有父子两人，父亲七十多岁，儿子二十九了，还没有对象，和老父亲住在一起，哥哥们都结婚另过了。这里有一个很有意思的习俗，上炕要把鞋子脱到炕对面的墙边，然后走过来再上炕。他们为了迎接我，专门在炕上铺了一块平时不舍得铺的白炕毡，我看看脚上粘的尘土，不好意思就这么上炕，房东说，上啊，怕甚咧？

在这里，我还听到了一个故事。一户人家的哥俩娶了一个媳妇。我问房东，这是真的吗？为什么？房东说，穷呗。一人一个媳妇娶不起啊。我说，那女的会干吗？不也是没办法嘛。这时，小小的我，体会到了什么是贫穷，什么是高尚。为此，我和一位同学专门偷偷跑到人家的院外看这位高尚的媳妇，没有见到。房东说，回娘家去了。后来我隐隐听说，这哥俩，就是我房东的儿子，我就再也不好意思问这事了。

上世纪九十年代中期，我到三湖河畔的另一个村子扶贫，向村主任打问这个事，年轻的主任竟然惘然不知。

某年，从地摊得到一部《包头地名志》，我急不可耐地找到当年学农的这个地方，词头是"柴敖包"，释文里说，"1958年建立为柴脑包生产大队，1984年改为现名。""柴脑包""柴敖包"，这有什么区别吗？可巧，蒙古国东戈壁省作协主席来包头访问，我有机会得以作陪，其间，我请教担任翻译的著名蒙古族摄影家嘎·刚特木尔，他说，就是一码事。比较准确的应该是"柴敖包"，"脑包"一般是汉族朋友的叫法。

我们知道，"敖包"给人的一切都是美好的，就连歌曲《敖包相会》也给人以神圣的美感。可在其前边加了个"柴"音，叫成"柴敖包"，它的意思却不怎么地儿了，我本不想写出来，但还是实事求是吧——"垃圾堆"。

今天的柴敖包什么样了呢？三湖河还有鱼吗？真想去看看。

背锅窑子
与
车马大店

班里第一次到背锅窑子学农时，我没能去。那时，我是学校文艺队的队长，一位低年级的女队员孟丽君，因为坚持演出而耽误了急性阑尾炎的诊治，不幸去世。因为她是为宣传毛泽东思想而死的，市里非常重视，宣传孟丽君，也就成了我们文艺队的主要任务，其他活动一概为文艺演出让路，包括以往雷打不动的下乡学农。

同学们从背锅窑子回来，那趣事是一串一串的。什么某某同学海吹，说自己不喜欢吃馒头，和同学换窝头，结果吃了一个月的玉米面窝头；某某同学喜欢抽烟，没钱买烟叶就抽倭瓜叶。有同学耍笑他，往烟叶上挤青蛙尿后给他抽，结果让他连连放屁和撒尿；还有当地车马大店的掌柜的抓虱子有高招，不用手，而用碗——把衣服平铺在水泥抹成的炕沿上，用碗顺着衣服缝碾压，卡吧卡吧，都是碾虱子的声音。

这些故事，都是发生在背锅窑子的车马大店，那是同学们下乡住宿的地方，一个令我非常向往的地方。

班里第二次到背锅窑子，我去了。但这时学校已经在背锅窑子建起了学农基地，有了学生宿舍，不再住车马大店了。即便这样，我还是与几位同学一起，前去拜访了这令我神往的车马大店，它和我几年以后读到的许淇先生那篇著名的散文《车马大店》所描写的几乎一样——"村庄尽头一圈土墙，写有'车马大店'四个歪歪扭扭的大字，跨入院内，正中土屋，两侧马厩；住人的宿舍，进门便是煮饭的锅灶，两排大炕向左右伸展，满可以睡上几十个人。炕上竖有根根架梁顶住屋棚，中间是一条狭窄的甬道……"这，就是同学们恶作剧的地方？这，就是同学们耗费青春的所在？

我去的时候，故事已经没有那么多了。再没有人敢海吹不喜欢吃馒头了，也没有人再抽倭瓜叶，这时的学农，已经由接受贫下中农再教育转向了学习农业基础知识，就是到农村学习规定的课程——农基。这是一本黑体字（为了与课本中的其他文字有所区别而用黑体字排印的毛泽东语录）几乎占一半的课本。要不是前几年危房改造我卖掉了老课本，写这篇小文时完全可以照抄几段，请今天的读者欣赏一下那时的奇文。正由于是和课本联系起来的学农，学完还要考试，就吸引了同学们大部的注意力，玩的精力自然就少了许多。

那时的我，正沉迷于美术，上下午劳动没时间，我就利用中午午睡的时候瞒着老师到村南的水渠边写生，时间长了，自然要引起老师的注意。一次和同学杨君写生回来，正巧被班主任堵上，他怀疑我和同学游泳去了，在同学面前批评我俩，我不服，进行辩解。老师说，把胳膊伸过来。然后就在我的胳膊上用指甲划了一下，白道子出来了。还有什么说的？老师得理了。其实这是我写生时，手上沾了水彩，在水渠里洗手时，顺带洗了洗胳膊，这自然能划出道子来，可这时的辩解已经毫无疑义了，我只能受着冤枉。好在老师还给他这个班干部一点面子，没有做过多的批评。

参加工作以后，一次为帮母亲完成任务到郊区推销烟叶，返回时天已经快黑了，我还是拐进久别的背锅窑子。车马大店已经不再营业，当年学农的宿舍，也已经破败不堪。我和村民说起当年曾经在这里学农，一位村民热情地把我让进他家，并吆喝村民来购买我的烟叶。其间，一位村民买了二斤，说回去取钱，另一位村民偷偷扯了扯我的衣服，我明白了，但我不相信这位村民会当着那么多人的面骗我，就让他把烟叶拿走了，结果他就再也没露面。临走时，我按老乡的指点到他家要钱，家里黑着灯。

九十年代中期，我所在的单位在郊区扶贫，我去扶贫点几次路过这里，却再也没下过车。村边那个车马大店，已经不见了踪影。

背锅窑子地名的来历包头地名志是这样记的："民国初年，有一个叫白背锅的人在此定居，故名。"地名志上的标准名称是"背锅窑"三个字，人们口语叫成了"背锅窑子"。那时的我们年纪小，从未想问问这名字的来历，如果知道是这么个来历，就该问问那个白背锅的情况，也许还有不少的故事呢。

二〇〇七年十月三十日晚看电视剧《沙家浜》毕，记于阴山暖石斋，十一月一日改毕。